新潮文庫

ストロボ

真保裕一著

目次

ストロボ

第5章

遺　影

50歳

ワイパーがフロントガラスの上を揺れるたびに、雨に降りこめられた街の風景を切り取っていく。傘をななめに差して横断歩道を走る人々。高架上を通りすぎる私鉄電車。駅前のネオン広告の照り返しを受け、街がそのたびごとに色を変えては映し出される。その眺めの中で、赤いテールランプの長い列だけが、五分ほど前から少しも動いていなかった。

冗談ではない。最後の最後にそれこそ天から水を差されたような気がして、喜多川《きたがわ》光司《こうじ》は横殴りに窓をたたく雨を睨《にら》んだ。どうあっても遅れるわけにはいかなかった。今日まで何のためにシャッターを切り続けてきたと思っている。

雨に煙《けぶ》ってかすむ信号は、赤から緑へ色を変えたが、二台先のパネルバンの大きな扉は、行く手をはばむ壁のように動く気配すら見せなかった。喜多川はシートの横に置いたカメラ・ケースをつかむと、ドアレバーに手をかけ、運転席に言った。

「もう、いい。走るぞ、三郎！」

「待ってくださいよ、先生。走るったって、まだかなりの距離がありますよ」

宮里三郎が驚き顔で振り返った。構わず、さっさとドアを開けた。雨と風が一緒になって顔に吹きつけてきた。なに、幸いにもケースは二ヶ月前に新調し直したばかりで、雨水など染《し》み込む隙間《すきま》もない、まだ新品だった。

三十五ミリと６４５のボディを一台ずつ。レンズはそれぞれ二十八ミリから百五十ミリまでを計六本。フィルムにフィルター、露出計。総重量八キロはあろうかというケースだったが、それを抱えながら４ＷＤ車を降りた。ショルダーバンドを首にかけ、新米アシスタントまがいの駅弁スタイルでケースを確保し、雨の中を走り出した。

たった三歩で足がよろけた。バンドが肩に食い込み、膝《ひざ》がふらつく。

誰が転ぶものか。胸の中で毒づき、雨を突いて走った。見ろ。まだ走れるじゃないか。こんなふうにしてカメラを抱えて走るのは、いつ以来のことだろうか。三十歳になった時にはもうアシスタントを何人も使っていた。一人で走り回るしかなかったのは、二十代のほんの一時期だけのことだった。

なんと俺は恵まれていたのか。大粒の雨を浴びながら、我が身の幸運が実感できた。

運と時流に甘えてふやけた体が固く錆《さ》びついている。ほら、言わんこっちゃない。もう息が続かなくなった。のどの奥が焼けつくように痛む。心臓が悲鳴を上げかけていた。

五十なんて歳《とし》は関係ない。鍛え方が足りなかっただけだ。まだまだ俺はやれる。その証《あかし》のためにも遅れるわけにはいかなかった。

前のめりになって走った。彼女が俺を待っている。最期《さいご》の時を看取《みと》ってもらいたくて。この俺に、俺のカメラに――。

今行く。

だから――あと少し頑張ってくれ。

二ヶ月前から仕事ではなくなっていた。許可を得てはいたが、どこに発表するというつもりもなかった。締めくくりとなる最後の一枚がほしいために、雨の中を走っているのでもない。

どうしても〝この一枚〟が撮りたかった。是が非でもシャッターを切りたくて、熱に浮かされたような狂おしい思いになるのも、カメラバッグを抱えながら一人で走り回っていた、あのころ以来のことではないだろうか。

頼む。どうかまにあってくれ。

無神論者が殊勝にも、天に向かって祈りを捧《ささ》げていた。どういうことだろうか。頬に当たる雨がやけに多いじゃないか。それを不思議に思いながら、喜多川は雨のたたきつける歩道を、息も絶え絶えに走り続けた。

1

「写真を撮っていただけますでしょうか」

耳に届いたのは、予想外に若い女の声だった。喜多川は肩すかしを食らい、勢い込んで受話器を取った自分を密《ひそ》かに恥じた。

原則として、仕事の依頼は秘書を通して受けていた。つき合いの古い編集者や広告マンから直《じか》にオファーされることもあったが、そんな仕事は年々減りつつあった。業界ではすでに過去の人として語られているのを、喜多川自身、納得はせずとも自覚せざるを得なくなっている。手堅い仕事をするが、新しさや発見はない。そう見られていた。それでも堅実さゆえに、喜多川光司を名指しして、お堅いクライアントからの手堅い仕事は舞い込んでくる。

その電話の主は、もったいをつけるように、依頼内容を秘書に詳しく話そうとしなかった。連絡先を聞いても、こちらから電話をさしあげるの一点張りだったという。会社の規模やネームバリューを、自分の力と誤解する者はどこにでもいた。ところが、そういった厚かましいクライアントからの仕事となると、決まって差し出される報酬にも厚みがあった。恥ずかしくない予算を使ったのだから、それで結果もともなってくるはずと信じる、役人気質のクライアントが二十年前より確実に増えている。だから喜多川は、自分がスタジオに戻っている時間帯を秘書に告げ、その電話を待っていたのだった。

「お忙しいところを何度も電話をさしあげ、失礼いたしました」

歳《とし》のころは、せいぜい二十二、三歳か。声だけ特に若々しいという女性はいたが、律儀《りちぎ》な物言いの裏には、隠しようのない瑞々《みずみず》しさと少なからぬ気負いが感じられた。

喜多川の反応のにぶさに、女性は再び同じ言葉をくり返した。

「写真を撮っていただけますでしょうか」

「そりゃあ、もちろん。それが商売ですから」

「あの……雑誌や広告の仕事というわけではなく、個人的なお願いで恐縮なのですが、そういった仕事でも、引き受けていただけますでしょうか」

声を聞いた瞬間から、ある程度の予想はついていた。名のあるプロに一度は撮られてみたいと考える女性は、男が想像するより遥《はる》かに多い。

「では、スケジュールや料金については秘書から話をさせましょう」

失望が声に出たのか、女性の声が急に早口になった。

「先生のお仕事ぶりは、母から聞いております。昔、大変お世話になったとか……」

知り合いだと称する者からの依頼は珍しくもなかった。ほんの些細《ささい》な関わり合いをもとに、さも親しげに近づいてこようとする者は少なくない。受話器を置きたくなったが、もし本当に知り合いの身内からの依頼となれば、冷たくあしらうわけにもいかなかった。

「お名前は？」

「トヨシマヤスコと言います」

「えーと、あなたが？」

「いいえ、母ですが」

名前に覚えはなかった。女性の場合は、結婚により名字が変わることも多いが、二十歳前後の娘がいても不思議ではないヤスコという女性は記憶にない。

警戒心が少なからずわいた。少しは名も知れ、見た目に派手な職種に就いていると、身勝手な売名や俗物心を充《み》たすため、さらには、何かおこぼれに与《あず》かれないかと考える者が時に近づいてくる。

そういったたぐいの依頼を、迷うことなく撥《は》ねつける同業者はいた。どれほど金を積まれても、安易に仕事を受けたのでは、プロとしての腕の浪費になる。業界での自分の名とランクを守ろうという防衛手段の意味もあるのだろう。

だが、それができるのは、ひと握りの選ばれた者たちだけだった。素人《しろうと》からの依頼は、正直言えば、金になる。両者が満足すれば、それで仕事として充分に成立する。

「で、どんな写真を撮りたいわけ？　お見合い写真？　それともヌードなのかな」

「いいえ、ごく普通の上半身の写真でかまいません」

「そうは言っても、何かしらの希望はあるでしょう。自分でも見たことのない表情を撮ってもらいたいとか、花に囲まれて美しく撮ってもらいたいとか」

「先生にお任せします」

予想どおりの答だった。プロへの依頼に情熱を傾けはしても、どんな自分を撮ってもらいたいという意志や熱意はない。きっと、金を惜しみもしないだろう。こんな楽な仕事はなかった。

「……先生のご都合がよろしい時に、母とそちらにうかがいたいと思っています。こちらの我が儘《まま》を言わせていただけるなら、なるべく早い時期に撮っていただきたいのですが。いかがでしょうか？」

問われるままに、わずかな空き時間のスケジュールを告げた。スタジオに所属する二人の若い者に任せていい仕事ばかりだというのに、素人からの電話にも、見栄《みえ》を張っている自分がいた。

ついでに料金についても説明した。相場より五割増しの、馴染《なじ》みの編集者が聞けば目をむくような額だったが、女性は驚きの声ひとつ上げなかった。

「ありがとうございます。母もきっと喜ぶと思います」

たった二枚のポートレートに、大金を払っても惜しくないと考える者がいる事実と、素人を騙《だま》すような商売をして恥じない自分が、無性に腹立たしくなってきた。

電話を切り、意味もなくスタジオを振り返った。二人のアシスタントがホリゾントの位置を直し、小道具をテーブルに並べている最中だった。あと二十分ほどで、男性スタイル誌の表紙撮りが始まる。こちらを見ている者は誰もいない。何を怖《おそ》れて自分は後ろを振り返ったのか。

人並みに野心を持って仕事に向かった時期はあった。それなりの成果を手にしかかったことも――。

たとえ昔の名前がもたらしてくれるものであろうと、仕事には困っていなかった。

こうして五十を越えた今、七名ものスタッフを抱えるスタジオを持てる身になったのだから、それほど悪い人生ではあり得ない。必死にそう思おうとしている自分がいる。

「先生、お願いします」

アシスタントから声がかかった。セッティングは若い者が終えてくれる。ファインダーをのぞき、メークを施されたモデルに優しげな言葉を使い、笑顔でシャッターを切ればそれでいい。楽で刺激のない日々のくり返し。

その何がいけない。一人で声を殺して呟《つぶや》くと、喜多川は用意されたカメラに歩いた。

飯田橋《いいだばし》の駅から歩いて五分ほどの距離にあるビルに、喜多川がスタジオを構えてから十二年がたつ。不況の重荷を背負った各企業は、真っ先に無駄な広告費の衣装を脱ぎ捨て、そのあおりをくらって雑誌の企画ページは痩《や》せ細り、一流半以下のカメラマンの仕事は削られた。

スタジオを構えたばかりのころは仕事を選んでいられもしたが、すぐに夢は現実の前にしぼみ、背に腹は代えられなくなった。熱意を込めてシャッターさえ切れば、被写体の種類や報酬の額によって仕事の中身に貴賤《きせん》が出るわけでもないと我が身を納得させ、気がつけば、そんな環境にも慣れてしまい、舞い込む仕事は二つ返事で引き受けるようになっていた。やせ我慢をして仕事を選別すれば、スタジオの維持が立ち行かなくなり、カメラマンとしての器量と手腕を問われる事態を招く。大した過去でもないのに、昔を振り返りたくなるのは、ただの感傷にすぎない。どんな仕事も全力をつくせばいいじゃないか。言い訳の重石《おもし》を腹に呑《の》むたびに、手足の自由が奪われ、身動きがとれなくなる気がした。フリーとして一人立ちした時分に仕上げた写真集を開いては眺める機会が多くなった。

「ねえ、知ってた？　うちにまともなアルバムってないのよ。昔の写真集を眺めてる暇があるなら、一冊でもいいから夫婦のアルバムぐらい作ってもらいたいわね」

喜美子に笑いながら言われたのは、いつだったろうか。女房はいつも痛いところを突いてくる。

昔は人並みに、妻の姿を被写体として追ってもみた。喜美子を撮《うつ》した写真なら、家には人に配るほどある。だが、密着印画とともにファイリングシートに収められたものを、アルバムとは言わなかった。子供ができなかったせいもあるが、今では家でカメラを手にすることはなくなっていた。

そうやって家庭を顧みずに好き勝手をやって来た成果が、飯田橋のスタジオだと言えるのかもしれない。ところがいつしか、その維持のために、撮りたくもない写真を撮らされていた。鶏が先か、卵が先か？　形という結果を求めたからこそ、それに追い立てられているのだろうか。若いころに仕上げた四冊の写真集を羨《うらや》んで開くたびに、スタジオが重く肩にのしかかり、喜多川の手足を縛りつけた。

母と二人で来ると言いながら、豊島知美《ともみ》は約束の時間に一人でスタジオに現れた。声から予想したとおりの年齢だった。二十歳をいくらか越えた辺りか。やや寄り目がちなのが損をしていたが、鼻すじはそれなりに通り、起伏に乏しい顔の中でいいアクセントになっていた。撮りようによっては、見られるものに仕上がる顔と言えた。薄茶色のニットのアンサンブルに、運動靴と見間違えそうなローヒールを履いていた。たっぷりとふくらんだ合成皮革のバッグと紙袋を手にしており、撮影のためにと気に入ったドレスでも持って来たのだろうか。化粧気はなく、緊張のせいか、頰の辺りがいくらか青ざめて見えた。

彼女は照明機材に囲まれたスタジオ内を珍しそうに眺め回してから、おずおずと喜多川に向かって頭を下げた。

「大変申し訳ありません。今日になって、母の都合がどうしても悪くなってしまい……。先生に快く撮影を引き受けていただいてからは、この日を楽しみにしてきたのですが。もちろん、今日のキャンセル料はお支払いさせていただきたいと考えています」

そう言われて初めて、ポートレートの被写体が母親のほうだったのかと知った。それすら喜多川は関心がなかった。だが、そうなると、彼女の持って来た荷物は何なのだろうか、と疑問がわいた。

豊島知美は窮屈そうに肩をすぼめて腰を折った。

「大変勝手なお願いかもしれませんが——。出張しての撮影はしていただけますでしょうか」

「場所にもよりますけどね」

「都内です。そうお時間は取らせませんので、何とかお願いできないでしょうか」

窮屈を通り越して、卑屈にも見えかねない畏《かしこ》まった態度で、彼女は何度も頭を下げた。若い女性に拝み倒されては、スタッフたちの前で素気《すげ》ない態度は取れなかった。

「どこです？」

仕方なく尋ねた。豊島知美は急にすっと背を伸ばすと、ある病院名を告げた。

喜多川は彼女の荷物に視線をやった。

「入院を、なさったのですか？」

「いえ、入院はもう二ヶ月ほど前からで。今日のために、先生からは外出の許可を得ていました」

——できるだけ早いうちに撮りたい。

電話での言葉が思い出された。退院を待たずに、わざわざ外出許可を得てまで、プロのカメラマンに自らの姿を撮ってもらいたいと思う理由は、そうないだろう。

「参ったな」

正直な思いが口をついて出た。豊島知美の表情に翳《かげ》りがさした。

「病室での撮影は無理なのでしょうか？」

「いや、そういうわけでは……」

「では、何が？」

その思い詰めたような眼差《まなざ》しが困るんだよ、のどまで出かかったが、もちろん声にはできなかった。

喜多川の戸惑いをものともせず、豊島知美は腰の前で両手を握った。

「母は昔……もう二十年も前になるそうですが、一度だけ先生に写真を撮っていただいたことがあるそうなんです。それが母にとっては、若いころの、かけがえのない思い出になっていると言ってました。ですから、ぜひ先生に——」

その先の言葉を彼女は言わなかった。言われなくても想像はついた。彼女の母親は、喜多川に遺影を撮ってもらいたい、と考えているのだった。

2

二十年も昔に一度ファインダーに収めた、たった一人のモデルについて、どれだけのカメラマンが覚えているものだろうか。記憶の底をさらってみても、歳《とし》とともに昔をたぐる網目は粗くなる一方で、もしやという心当たりすら浮かばなかった。

フリーになったのは、二十七の春だった。それまで喜多川は、ある大手出版社の写真部に契約スタッフとして所属していた。当時の写真はすべて会社に版権を押さえられていたので、今となってはネガやポジ一枚残っていなかった。しかもそのころは、少しでも腕を磨く機会を得ようと、会社に隠れていくつものアルバイトをこなしていた。街角で女性に声をかけて撮らせてもらうという、ガールハントまがいのことをしても恥ずかしいと思わなかった。契約スタッフの仲間と金を出し合い、モデルを発注しての撮影会も行っていた。

それらのどこかで、豊島泰子《やすこ》という女性と出会っていたのだろう。だが、どう振り返ってみても、泰子という名のモデルは記憶になかった。一時期深い仲になったモデルならともかく、名前も聞かずに仕事を進めることはいくらでもあったし、過去に何人のモデルを撮《うつ》してきたかもわからなかった。

とは言え、たった一度モデルとして接した経験を持つにすぎない女性が、自分の最後の時を飾るにふさわしいカメラマンとして、喜多川光司の名前を挙げた。ありきたりの仕事依頼とは、重みが違った。

しかも自分は、プロに撮ってもらえた写真を親戚《しんせき》や近所に自慢するだけの客だろうと、五割増しもの法外な値段を吹っかけ、平然としていた。値段を気にもせずに、豊島知美が承諾したのは無理もなく、家族なら誰もが肉親の最後の願いを叶《かな》えてやりたいと思うはずだった。豊島母娘《おやこ》の事情を知らなかったとはいえ、自分の仕事への姿勢と情熱のありようを見せつけられた気がした。

引き受けざるを得なかった。とても断れはしない状況に追い込まれていた。

と同時に、もしかしたら豊島泰子は、最初からこのスタジオに来られる病状になかったのではないか、とも思えてきた。最初から病院で撮影してくれと願い出たのでは、面倒を嫌って断られてしまうケースも考えられた。母親のために、何としても願いを叶えてあげたい。そう思い、彼女はあえて着替えや入院用具を両手に抱えてスタジオに現れたのではないだろうか。

「いい話ですね。最後の姿を撮ってもらいたいなんて。自分もいつか、そんなこと言われるカメラマンになってみたいですよ」

豊島知美がふくれた荷物とともに帰って行ったあとで、アシスタントの三郎が喜多川に言った。馬鹿《ばか》野郎、そんな当たり前の見方しかできないから、お前はいつまでも半人前なんだ。怒鳴りつけてやりたかったが、その言葉が自分に跳ね返ってきそうで、慌《あわ》ててのどの途中で声を呑《の》んだ。

こんな俺に遺影を撮ってもらいたい、よほどの事情があるというのだろうか。母のいい思い出になっている、なんて言葉は信じられなかった。

モデルはたいてい本名とは別の名前を使って仕事をしている。一度きりの関係で使い捨てカメラのように手放した女はなかったはずだが……。柄にもなく、過去の行状を振り返っていた。思い浮かぶ女の顔はいくつかあった。いずれ名前が出た時のことを考え、昔は女に慎重だった。名前が出てからのほうが大胆になっていた。泰子という名の女は、やはり思い出せない。

嫌な仕事は早く終えてしまうに限る。三日後に、喜多川は時間の都合をつけると、私鉄沿線の駅に近い総合病院へ足を伸ばした。

昔の自分を知る元モデルと会うにすぎないはずが、なぜか若い自分と対面するような気恥ずかしさがつきまとっていた。被写体が病人となればメーキャップの女性を連れていかないわけにはいかなかったし、室内となれば照明も必要になる。助手は一番若い三郎を選び、メークも若手の西方妙子に来てもらった。かつての自分の仕事を知る者は呼べなかった。

古びた万年塀に囲まれた、小さな総合病院だった。病棟の外壁も、その周囲を取り囲む塀に劣らず黒ずんでいた。

ビニール製の長椅子《ながいす》が並べられた外来ロビーで、豊島知美と待ち合わせた。すでに医師や同室患者の了解も取りつけてあるので、安心して仕事をなさってください。顔を見せるなり、そう彼女は告げた。

三階の外科病棟の一室に、豊島泰子は入院していた。

あまり陽の射《さ》しそうにない四人部屋だった。カメラマンの習性で、いつも太陽の位置は頭にあった。奥の窓際《まどぎわ》に置かれたベッドで、豊島泰子は上半身を起こし、喜多川を待ち受けていた。

彼女をひと目見て、足が床に沈みそうなほど気が重くなった。頬がこけ、目の下がどす黒く変色していた。のどがすじ張り、やつれて骨の浮き出た胸元がパジャマの襟からのぞいて見えた。白髪のまじった頭髪の左側が、やや乏しく見えるのは、薬の副作用による脱毛のせいだろうか。

娘の知美からは、自分より二歳上と聞いていたのだが、六十を越えた者の顔に見えた。喜多川を認めて作った笑顔が、痛々しくて正視できなかった。

「ああ……。ほんとうに喜多川先生だわ。昔とちっとも変わっておられない。お元気そうで何よりです」

そう話しかけられて何を言い返せたのか、喜多川は覚えていない。口の中で挨拶《あいさつ》の言葉を呟《つぶや》き、無理して笑顔を作ろうとしたのは記憶にあった。

顔を見れば思い出せるかもしれない。そう考えていたが、豊島泰子を目の前にしても、記憶のフィルムに浮かび上がってくる姿はなかった。年齢と病状によって、彼女の容貌《ようぼう》が著しく変わってしまったのだろうか。

「わざわざこんなむさ苦しいところまでお出《い》でくださって――。あら、お世話になってるあたしが、むさ苦しいなんて言っちゃいけないわよね」

努めて明るく笑い、豊島泰子は横に立った娘を見上げた。知美も母に向かって微笑《ほほえ》み返した。周囲のベッドからも、それに応《こた》える落ち着いた笑い声がわいた。喜多川は言葉もはさめず、その様子を黙って眺めているしかなかった。

「ありがとうございます。先生にもう一度撮ってもらえたら、どれほど幸せだろうかって思っていたんです。今日はどうぞよろしくお願いいたします」

豊島泰子は薄い胸を折って、弱々しく頭を垂れた。

いいねえ、プロの人に撮ってもらえるなんて。今日は朝から顔色いいもの。病室の患者仲間から声がかかった。

喜多川は人知れずに息をついた。こんな状況はたまらなかった。この部屋にいる者すべてが、遺影の撮影だと知っていた。豊島泰子に気を遣い、努めて明るく振る舞っている。最後にいい顔を撮ってあげてくれ。部屋にいるすべての者の思いが、真綿で口元を囲われるような息苦しさとなって伝わってきた。

「先生、どうしましょうか……」

後ろから呼びかけてきた三郎の声も、その場の雰囲気に気後れしたらしく、半病人まがいに弱々しくなっていた。

「やっぱり……ベッドの向こうに、紗幕《しゃまく》がいりますよね」

「何もするな」

「え？」

「妙子も何もしなくていいぞ」

ベッドサイドで化粧箱を開けようとした妙子が、首をひねるようにして振り返った。

「でも、先生……」

「いいから、お前らは車にでも戻ってろ」

若い二人に八つ当たりをして言った。その場の視線が喜多川に集まっていた。

ベッドの上で、豊島泰子が薄くかすれた眉《まゆ》を寄せ、喜多川を見た。

その前に進み出て、言った。

「どうかそのまま、いつもここで過ごされているようにしていてください。勝手に撮らせていただきますから」

「こんな顔で大丈夫でしょうか？」

青白い頬に手を当て、豊島泰子は不安げな目で見た。

「何が心配なんです？　無理して作る笑顔なんか、やめにしましょう。そんなのは嘘《うそ》っぱちだ。違いますか」

隣で娘が息を吸い、何か言いかけたが、先に豊島泰子が頷《うなず》いた。

「そうですわね。先生の言うとおりだわ」

青白い頬に笑みさえ浮かべて、彼女は何度も頷き返した。

「わかりました。すべて先生にお任せいたします」

死を待つしかない患者をファインダーに収めた経験は幾度もあった。そもそも喜多川の名が、曲がりなりにも業界に知られるようになったのは、死を目前にしたある女性の一瞬を切り取った写真がきっかけだった。

その二十歳になる女性は先天性の障害を持ち、寝たきりの生活を余儀なくされていた。ベッドの上で晴れ着を着た彼女を、脇《わき》から両親が支え、その周囲を笑顔の親戚たちが埋めた写真を撮り、「成人式」と題した組写真の中の一枚として発表した。計算が立ちすぎている。幼稚なセンチメンタリズムだ。批判は覚悟の上で発表した写真は、狙《ねら》いどおりに、喜多川光司の名前を世に出す一枚となった。

一人立ちしてからも、広告の仕事をメインに据えながら、ジャーナリスティックな素材にも向き合ってきた。難病の子供を扱う特集記事に参加し、硝煙の残るカンボジアや中南米の都市にも出かけた。アジアのＨＩＶに苦しむ子供をテーマにした撮影もあった。そんな仕事の先々で、目を背けたくなる眺めを正面から見据え、フィルムの上に切り取ってきた。その中の何人もが、儚《はかな》く命を落としていった。

だが、最初から遺影になると意識してシャッターを切るのは初めての経験だった。単なるポートレートと割り切り、仕事を進めたほうが無難なのはわかっていた。いい遺影とは何か、つい考えていたのは、自分の抱える仕事への後ろ暗さのせいだった。

最近では、生前から遺影を用意しておく人がいると聞く。本人が気に入っている写真だったり、そのために写真館で撮ってもらったりと、いくつかのケースは考えられるが、いずれの場合も、本人の意思を最大限に尊重して選ばれたものが、いい遺影と言えそうな気はした。

では、それを全面的に任された場合、どう撮ればいいのだろうか。

その本人の最も輝いていると思われる表情を撮るべきなのか。病を感じさせない笑顔がいいのか。それでは悲しみが新たになりすぎるから、記念写真のような無表情がいいか。カラー、モノクロ、フィルターを通すか、仕上げに細工は必要か……。考えねばならない要素はいくらでもあった。

紗幕を背負い、化粧をしたのでは、あまりにも用意された表情になる。陽の射さない病室なので多少照度は落ちるが、背景が明るすぎる遺影というのも、そぐわない気がする。かといって、コントラストが利《き》きすぎ、顔に影が出てしまったのでは、不吉になる。

腹をくくる以外になかった。その人の歩んできた人生を何も知らず、最後の時を鮮やかに切り取ろうなどというのは、そもそも撮る側の傲慢《ごうまん》な願いだった。

カメラを手にした。ポートレート用に645も持ってきたが、三十五ミリのほうを選んでフィルムを入れた。他の患者の目や耳を考えれば、そう大きなものは使いにくい。

部屋の隅で壁に寄りかかり、ベッドの豊島泰子を観察した。へえ、プロってのはバシャバシャ撮らないんだね。向かいのベッドのおばあさんが珍しがった。先生は昔もそうだったもの。豊島泰子が笑って応じた。笑いながらも、カメラを手にした喜多川を充分に意識している顔だった。

三十分間、黙ってその場で観察していた。そのころになると、同室の患者も壁に貼《は》りついて立つ喜多川に慣れと飽きを感じたらしく、誰もこちらを見なくなった。テレビをつける者、本を読む者、横になる者。知美が洗濯物を抱えて病室を出た。

頃合いを見て、少し離れたところから初めてシャッターを切った。新聞に手を伸ばしかけていた豊島泰子の動きが止まった。目を閉じ、顔をわずかに上げた。全身で光を浴びようとするような姿に見えた。

「懐《なつ》かしい音……。この音だけ聞いていると、何だか昔に戻ったみたいな気がする」

独り言のように呟き、彼女は目を閉じ続けた。それを聞き、喜多川は気になってならないことを尋ねた。

「いつごろ私のモデルをしてくださったのでしょうか」

「もう二十年以上も昔。だから先生が忘れてしまっても無理はないんです。どうか、気になさらないでください。私だけの思い出ですから」

そう言って、豊島泰子は青白い頬に透き通るような笑みを浮かべた。

豊島泰子という女性の表情をとらえきれたとの手応《てごた》えを感じられないまま、面会時間は終了し、喜多川は病室をあとにした。手軽な自家現像ですませようとカラーネガで撮ったので、スタジオに戻ると、あとの処理を三郎に任せ、地下の倉庫へ引きこもった。フリーとなってからの主要なネガとポジは、すべて棚に保存してある。それを過去から見ていった。

喜多川の問いかけにも、彼女は正確な年月を口にせず、二十年以上も前という曖昧《あいまい》な言い方をした。その言葉に偽りがなければ、ネガやポジがまだ残されている可能性はあった。

彼女はなぜ、あんな曖昧な答え方しかしなかったのだろうか。

モデルをしていた事実などなく、ただプロに最期《さいご》を撮ってもらいたかったための嘘なのではないか。一瞬そうも考えたが、では、なぜ嘘までついて喜多川光司というカメラマンを名指しする必要があったのか、それが今度は疑問になってくる。自分以外にも、金さえ積めば、引き受けそうな者はいくらでもいるはずだった。単に目に留まったカメラマンが、喜多川だったのだろうか。

ファイリングシートは年代順に棚に収められている。表紙に貼りつけた密着を眺めていけば、そのフィルムの中身は思い出せる。

三時間もかけて、三十代の前半までフィルムをさかのぼったが、豊島泰子らしき女性は見つからなかった。

あきらめてスタジオに上がると、焼き付け作業が終了していた。まだ濡《ぬ》れたプリントを手に取り眺めた。

「ライトもメークもなく、こんな綺麗《きれい》に撮れるものなんですね」

横から三郎が素人《しろうと》のような感想を述べた。確かに、ライトもメークもなく、あの薄暗い病室で撮ったにしてはよく写っていたかもしれない。絞りをやや開放ぎみにしたので、心配していたコントラストもきつくならず、そのせいで白が強調され、小皺《こじわ》や皮膚の弛《たる》みも隠されていた。なるほど綺麗な画面の仕上りにはなっている。

だが、それだけだった。痩《や》せた女性が寂しげに笑みを浮かべる姿が、のっぺりと何カットも収められているにすぎなかった。悲愴《ひそう》や憂《うれ》いが画面ににじみ出すのを怖《おそ》れたために、胸の裡《うち》にあったはずの無念や悲しみを取りこぼし、豊島泰子という女性の上《うわ》っ面《つら》をなで回しただけの写真に終わっていた。

まだ五十二歳にしかならない婦人が否応《いやおう》もなく命を奪われようとしている、その最後の時を締めくくるにふさわしい一枚だとは、とうてい思えなかった。

――綺麗な写真の何がいけないんですか。

若かったころの自分の仕事ぶりが思い出された。読みは同じでも、あのころはまだ北川浩二《こうじ》という名前だった。

――おまえ、それで終わっちまうぞ。

小言を言ってくれたのは、誰だったろうか。顔は思い出せない。リアリズムに徹した写真を目指していた先輩だったはずだ。その言葉に反発し、一時期はわざと小綺麗な写真ばかりを狙って撮った。

――それで終わっちまうぞ。

スタジオを構え、七人ものスタッフを抱えている今が、「それで終わり」の範疇《はんちゅう》に入るのかどうかはわからなかった。入りそうな気もするし、ほんの少しはみ出ている気もした。それは心の持ちようと、どこかで関係している。

写真は、撮られる側の思いを写すと同時に、撮る側の技量や思惑をも鮮やかに浮かび上がらせる。それらが一体になった時、一枚の写真が厚みと重みをともなってくる。今、喜多川が手にしているのは、計算どおりに被写体がフレーム内に収められ、小綺麗な仕上がりを見せているにすぎない薄っぺらな写真だった。

——お前はそうやって、人の上っ面をなでた写真を撮ってきたんだ。

そう写真の豊島泰子に言われている気がした。

3

「珍しいこともあるんだ」

振り返ると、ドアの横で喜美子が腕を組んで部屋の中をのぞいていた。

スタジオを出てからも豊島泰子のことが気にかかり、段ボール箱に収めたまま捨てられずに自宅の一室を占拠した、過去のフィルムを掘り起こしていた。仕事をする以前の習作時代からのネガも、かなりの量が保存してある。

「明日は洗濯でもしようかと思ってたのに。雨にならなきゃいいけどね」

整理するつもりがないなら早く処分してくれ。でなければ、スタジオに持っていったらどうなの。もう何年も前から口うるさく言われながら、手をつけずにいたフィルムの山だった。

あたしは放っておいても、古いフィルムは捨てられないのね。笑いながらそう言われたこともあった。

結婚前まで、喜美子は中学校の教諭をしていた。その時の同僚から声をかけられ、五年ほど前から学習塾の講師のアルバイトをしている。進学塾とは違い、授業についていけない子や、素行に問題のある子たちを集めた養護教育施設にも似た塾で、アルバイトというよりはボランティアに近いだろうか。もとより収入を期待しての仕事ではなく、子供のいない夫婦二人の暮らしでは、この先の楽しみを何に求めたらいいのか、それを考えて始めた仕事のようだった。その子供たちが気軽に集まれる部屋がほしい、と彼女は最近になって言い始めていた。

「外に部屋を借りればいいじゃないか」

そう答えると、喜美子は「わかってないんだから」と言い返しただけだった。

思いがけず、古い角封筒の中から、若い喜美子を撮《うつ》した密着が出て来た。ネガをそのままダイレクトに焼きつけたものなので、画面が小さく、背景が確認しづらい。どこかの湖か、池だろうか？　水上に点々とボートが浮かび、その前で二十五、六のころの喜美子が澄まし顔で写っていた。いつ、どこで撮ったものだろうか。フィルターをいくつも重ねたように記憶は頼りなく、妻との思い出さえ薄まりかけていた。もう五十歳になる。まだ五十歳と言えるのだろうか。少なくとも四十までは年齢を意識していた。それからは実年齢を忘れようとし、見かけの若さに流されて来た十年だった。

豊島泰子は、自分よりたった二つ上の五十二歳でしかない。命を奪われるしかないと知った時、自分はカメラの前でどんな顔ができるだろうか。

手にしたネガを放り出すと、床に背をつけ転がった。目をつぶると、ストロボのきらめきのように次々と懐《なつ》かしい光景が浮かんでは消えていく。そろそろ自分も、過去に撮ったフィルムの山を、整理すべき時に来ているのかもしれなかった。

翌日の午後、ある代理店との打ち合わせをキャンセルして時間を作ると、一人で再び豊島泰子の病室を訪ねた。

娘の知美の姿はなかった。学生とは聞いていないので、仕事だろうか。父親を先に亡《な》くし、母と娘の二人の暮らしとなれば、そうそう仕事を休んでもいられないのは想像できた。

豊島泰子は上半身を起こし、膝元《ひざもと》に置いた本に目を落としていた。喜多川の姿を認めた瞬間、慌《あわ》てて居住まいを正すように毛布を引っぱり、顔を上げた。

「先生、どうして……」

小皺《こじわ》に囲まれた目を瞬《また》かせ、青白い頬が心なしか赤くなった。少女のような戸惑い方に胸を突かれ、喜多川は足を止めていた。

「もう写真ができたんですか？」

「すみません。昨日のはすべて失敗でした。もう一度僕にチャンスをください」

短い瞬きをくり返し、彼女は喜多川を見つめた。

「あらあら、有名な先生でも失敗するんだ」

隣のベッドから笑い声がかかった。喜多川はそれに答えて笑い返した。

「まだまだ半人前ですから」

「そんなことない。先生は素晴らしいカメラマンです」

まるで息子を庇《かば》う母親のような口調で、彼女は隣の患者に向き直った。その動きにつられて毛布が動き、下に隠されていた本の表紙がのぞいた。

「あ——」

豊島泰子が声を上げ、広げた手でその表紙を押さえた。Ｂ４判のソフトカバーだった。繁華街の路地に集まる若者たちの姿を収めたモノクロ写真の装丁が確認できた。

もう少しで喜多川は声を上げるところだった。その表紙は忘れようがなかった。喜多川光司の第一写真集だった。二十七歳の時に出したもので、とうの昔に絶版となり、今ではもう古本屋でも手に入れることはできなくなっている。

「まさか、そこにあなたが――」

言い終えないうちに、豊島泰子は慌てたように顔の前で手を振った。

「とんでもないです。私はほんのちょっと、先生のお世話になっただけで」

それもそのはずだった。喜多川は今もその写真集に収められた一枚一枚を、どこで撮ったものか、すべて順に並べ立ててみせる自信があった。女性の写真は何枚かあったが、そこに豊島泰子がいれば、この病室に足を踏み入れた瞬間に気づけたはずだ。

彼女は恥じ入るような口調で言った。

「ただ……。この写真集が気に入っていて。こんなすごい先生に、自分も撮ってもらったことがある。そう思うと、今も嬉《うれ》しく感じられて――」

嬉しく思う気持ちは喜多川も同じだった。いや、それ以上だと言ってもいい。最後の時を前に眺めておきたい景色はいくらでもあったろうに、喜多川の写真集を病床に持ち込んでくれていた。これほど作者冥利《みょうり》につきることはない。

昨日に続き、病室に腰を据えて、豊島泰子の日課を追った。今日は、より忠実に光と影を切り取ろうと、カラーネガではなく、リバーサルフィルムを使った。二時に午後の点滴。四時に夕方の検温。四時四十五分に回診。五時三十分に夕食。食後に薬を飲んで、また検温。おそらく入院してからは、昨日と変わらない今日がこうして淡々と流れていくのだろう。そして、体は少しずつ病に蝕《むしば》まれていく。

六時半が近くなって、知美が病室にやって来た。喜多川を認め、母と同じような顔になって目をパチクリさせた。この親子は大きな目がよく動く。

「猿も木から落ちるで、今日もお邪魔させてもらっています」

努めて明るく言って、事情を説明した。

そんなに時間を取らせて申し訳ない、と知美はやたらと恐縮したが、二枚のポートレートの料金に変わりありませんから、と冗談めかして答えを返した。

「そうやって、先生はいつも努力なさっているから、素晴らしい写真が撮れるんですよね」

横から、豊島泰子が言った。

いいえ、普段は努力なんか――。言いかけて口をつぐんだ。とても自慢にはならなかった。この十年は、慣れと計算と年期で仕事をしてきた。だから、遺影を撮ってくれとの依頼を出され、初めて仕事を受けた新米のように戸惑い、頭を悩ませ、結果を怖《おそ》れているのだった。シャッターを切る踏ん切りがつけられずにいた。

結局その日は、五時間近くも病室にいて、たった一本のフィルムさえ使い切れずに終わった。

翌朝、ラボからフィルムが上がって来るなり、祈るような思いでスライドをチェックした。結果は同じだった。ある意味では、一昨日よりもひどくなっていた。彼女なりの表情を追おうとするあまり、フレームも光の方向もあったものではなかった。そのくせ、目の前で実際に見た、透き通るような笑みはおろか、まともな笑顔さえとらえきれていないのだった。

俺はこれほど錆《さ》びついていたのか。愕然《がくぜん》とする思いだった。

あの病室に足を踏み入れれば、誰もが豊島泰子の決意や無念を感じ取れるはずだ。なのに、それすら自分はフィルムの上にすくい取れずにいた。何のためにカメラを手にしてきたのか。見れば誰にでも感じられるものをありのままに撮す腕すら、自分は持っていなかったのか。よくそれで、いっぱしの顔してスタジオを構え、仕事を引き受けていられたものだ。

仕事が手につかなくなった。広告用の仕上がりを見ても、そこに写り込んだ豊島泰子の姿を捜した。見えないはずの女性の姿が、あらゆる写真の上に透けて見える気がした。それは、喜多川自身の今を表す姿でもあった。

二日後に、三たび病室を訪れると、豊島泰子は喜多川を見るなり、例の透き通るような笑みを返した。

「また失敗ですね」

いきなり言われた。

「わかりますか」

驚きと気恥ずかしさを胸に、彼女の静かすぎる微笑《ほほえ》みを見つめるしかなかった。

「わかりますよ。こないだより、もっと怖い顔をなさってますから」

気づかなかった。そんなに俺は怖い顔をしていたのだろうか。気負いとプレッシャーが顔に出ていたとは……。スタジオの連中は何も言わなかった。あるいは、死に行く人だからこそ、読める微妙な表情というものがあるのだろうか。

「先生が納得できるまで、いくらでも撮ってください」

「はい。今日もよろしくお願いします」

カメラを用意すると、喜多川は新人のように言って頭を下げた。

それからは、意地になって病室へ通った。できる限り、昼から夕方までの時間帯をあけて通常の仕事をこなし、仕上げの指示や打ち合わせは、夜から深夜に集中して行った。

スタジオの若い連中が、訝《いぶか》しげな目で見ているのはわかった。中には、また先生の悪い虫が始まった、今度は素人《しろうと》の娘さんか、そんな声も出始めているようだった。噂《うわさ》など勝手にしていればいい。

足繁《あししげ》く病院を訪れるようになった喜多川に、豊島知美も明らかに戸惑いを見せた。いや、それは戸惑いというよりは、警戒心だったのかもしれない。

四度目に訪れた日の回診の際に、知美と二人して廊下へ出た時だった。彼女は目をそらしながらも、意を決するような口調で喜多川に問いかけてきた。

「――先生。何を聞いても驚いたりはしません。母はいつごろ、先生のモデルをしていたんでしょうか」

その口調から、彼女が自分の母親と喜多川の仲を疑っていたのだと知れた。

ある意味、それは無理もなかった。先の見えた母が、一人の男に最後の写真を撮ってもらいたい、と言い出したのだ。夫は先に同じ病気で亡くなっている。死に際《ぎわ》に立たされたと悟れば、若いころに情熱を傾け合った男と一度でいいから会っておきたい、と思ったとしても不思議ではない。

喜多川がこの仕事を引き受けざるを得ない状況に、知美が追い込もうとしたように見えたのも、そこに理由があったのではないか。昔の女から、死に際を看取《みと》られたい、と請《こ》われた時、警戒心を示す男は多いはずだ。

「正直言うと、いつあなたのお母さんを撮ったのか、私はまったく記憶にないんです」

喜多川を振り返った知美の目には、まだ疑わしげなものが残っていた。

「本当ですよ。昔のフィルムを探してみても、お母さんらしき女性は見つからなかった」

「それなら、どうして……」

「人の死に際を写真に収めて、どこかに発表しようという企《たくら》みを抱いているわけでもありません。ただ、あなたのお母さんは、昔の私を知っている。若いころの仕事ぶりを、ね。だから恥ずかしい写真は撮れない。そう思ったまでです」

そんな言葉で、どれだけ彼女が納得してくれたのかはわからなかった。だが、知美はそれ以上、母親との昔を尋ねようとしなくなった。自分の中でわだかまりそうになる感情より、大切にしておいたほうがいいものもある、と考えたのかもしれない。

カメラを手にした者が病院内を歩き回ることに、医師や看護婦たちは当初、難色を示した。が、死を前にした患者のたっての希望とあっては、渋々ながらも承諾せざるを得なかった。同室の患者たちが医師たちにかけ合ってくれたのも、少なからず力になっただろう。

豊島泰子は日に日に、目に見えて瘦《や》せ衰えていった。それでも彼女は、笑いながら喜多川に言った。

「看護婦さんたちが驚いてるんです。先生が来てくださってから調子がいいんで。ねえ、知美」

撮影の合間に、あえて彼女の人生については尋ねなかった。彼女も昔を語ろうとしなかった。それでいいと思った。言葉の端々から、その人の歩んできた道のりが見えることもある。今日の天候、病院の庭に咲いた花の名前、好きな映画の話。同室の患者たちと日々くり広げられるたわいない会話に、喜多川も時に参加し、笑い合った。

一度、泣き荒れる彼女の姿を目にした。

病院を訪れるようになってから一ヶ月ほどたったころだったと思う。喜多川が病室を訪れると、彼女は頭から毛布をかぶり、声をかけても顔を出そうとしなかった。不思議に思った喜多川は、看護婦から話を聞いた。理由は簡単だった。五日ほど前から新しい薬に変わり、その副作用のために、髪がほとんど抜け落ちてしまったのだった。

その日、彼女は一切食事をとらず、喜多川にも同室の患者にも、そして娘からの問いかけにも無言を通した。張り詰めた糸が切れる間際《まぎわ》のような差し迫ったものが表情に透け出して見え、喜多川はその横顔を撮っておきたい衝動にかられた。だが、遺影に差し迫った表情が似つかわしくないのは自明の理で、カメラを向けては、彼女の感情を逆撫《さかな》でするようなものになるのは想像できた。それでも病室を離れられずにいた。

知美は病院に泊まると言い出し、その必要はない、と豊島泰子は素気なく娘に告げた。それでも知美は譲らず、泰子の感情が沸騰点《ふっとうてん》に達した。

「帰っていいって言ってるでしょ。一人にしておいてよ！」

それから彼女は喜多川をも振り返った。何か言われるかと思ったが、彼女は無言のままベッドへ横になった。娘からも、喜多川からも頑《かたく》なに顔を背け続けた。

翌日、彼女が気になり、仕事を抜け出し、病室へ向かった。

何事もなかったかのように、泰子はベッドの上で喜多川の写真集を眺めていた。

「昨日はごめんなさい」

「謝ることはありませんよ。誰だって、気分のいい日ばかりではない」

「先生。お願いがあるんです」

「何でも言ってください」

「よかったら最期《さいご》までつき合ってくださいませんか」

初めて彼女は、最期、という言葉を使った。瘦せた頰には、痛々しい笑みさえ浮かんでいた。

「不思議ですね。モデルをしていた時期なんて、ほんの五年くらいのものだったのに。カメラが見ていると思うと、ずっと冷静になれるんですから。だから、見ていてほしいんです。そんなに時間はかからないと思いますから――。最期までつき合ってください」

覚悟を決めようとしている者に、下手な慰めの言葉は口にできなかった。そうさせていただきます、と短く頷《うなず》き返した。その日から、彼女は知美が用意してくれたメッシュの帽子をかぶるようになった。

二ヶ月後に、黄疸《おうだん》が出た。病巣《びょうそう》が肝臓にまで達した証拠だった。喜多川はモノクロフィルムをさけ、あえてカラーで彼女の表情を追った。彼女も嫌がりはしなかった。

三ヶ月後には、その表情すらもなくなった。もうタイムリミットが近づいている。

知美も喜多川も、泰子自身もそれを察していた。

「すげえや。俺、あらためて先生のすごさを見せつけられたような気がしますよ」

現像が上がって来るたびに、三郎が興奮して言うようになった。ベッドの上の豊島泰子を追った写真は、二百点を超えていた。いつしか写真は、死を迎える一人の患者の日常を表す心象風景になっていった。

検査を受ける際のゆがんだ表情。放心、おびえ、虚脱。点滴の針のおびただしい痕《あと》に埋まった細い腕。むくみの取れない足。ヨードチンキのような色に染まった顔で娘に笑い返す母。

どこに出しても恥ずかしくない写真が一枚ずつ増えていった。あれだけの時間ベッドサイドに貼《は》りつき、結果が得られなくてはプロではなかった。しかし、昔の――豊島泰子が病室に持ち込んだ、あの写真集のどの一枚にも勝てない気がするのだった。

年を経るとともに、技術や計算を確かなものとして身につけ、その代わりに失われていくものが確実にある。昔と変わらぬ情熱を保ち続けているつもりでも、昔と同じではは決してなかった。この先は、変わりゆく自分を写真の上に見据え、仕事に向き合っていくしかない。そういう時期に、自分は来ていた。

悩み抜いて遺影用に五枚を選んだ。それに加え、彼女の感情の揺れが出ている五枚を病室へ持って行った。もうそのころは、ベッドの上ですら体を起こせないようになっていた。

彼女は写真の手触りを確かめでもするように、何度も指先で自分の姿をなぞろうとしながら言った。

「ありがとう、先生。ここに――この写真の中に、間違いなく私がいる。そう思える写真ばかり……。ほんとに、嬉《うれ》しい」

聞き取りにくい声で彼女は言った。笑おうとしたが、もう笑顔にはならなかった。

それが、つい一週間前のことだった。

ロビーへ駆け込むと同時に、喜多川はカメラ・ケースをその場へ置いた。見ろ。転ばずにたどり着けたじゃないか。まだまだ俺は走れる。誰彼かまわず、自慢して叫びたかった。

雨をぬぐいもせずに、中から三十五ミリを選び取った。息が切れ、手先が激しく震えた。だが、カメラを取り落としはしない。ケースをその場へ残し、再び走り出した。

誰かが後ろから叫んでいたが、振り返りもしなかった。

四日前から彼女は個室に移されていた。エレベーターを待っている時間ももどかしく、階段を選んだ。何とか駆け上がれた。歩くような速さだったかもしれない。

顔馴染《かおなじ》みになった看護婦が、廊下の先で手を振るのが見えた。その彼女が開けたドアを走り抜けた。

知美と医師と看護婦が待ち受けていた。心電図は、まだ弱々しいながらも命の波を刻み、彼女は喜多川を待ってくれていた。

「お母さん。先生、来たよ」

その時、彼女は確かに小さく頷き返した。喜多川には、それがわかった。

六月二十五日、十七時三十六分。豊島泰子は五十二歳の短い生涯を終え、その最後の三ヶ月を締めくくるシャッターを、喜多川は静かに押した。

4

葬儀は翌々日の土曜日だった。どうしても行きたいと言い出して聞かなかった三郎と妙子をともない、喜多川は弔問に出かけた。

二人の住むアパート近くの公民館を借りて、式は執り行われた。親戚《しんせき》が集まるだけのささやかな葬儀だった。

泰子が自らの遺影に選んだのは、髪が抜けて荒れた翌日に、初めてメッシュの帽子をかぶり、はにかむように娘を見た瞬間をとらえた一枚だった。

遺影に向かって手を合わせた。

冥福《めいふく》と礼の言葉を心に刻んで目を開け、知美に向かって黙礼した。

「ありがとうございました」

言い返した知美の膝元《ひざもと》に、小さな写真立てが置かれているのに気がついた。知美がそれを手にして言った。

「――父です。何でもない写真ですが、父がどうしてもこれを遺影にしてくれって言ってた写真なんです」

写真立ての中で、まだ四十代に見える男がまぶしそうに目を細めて笑っていた。

その男の口から、「やあ」と声がかかったような気がして、喜多川は写真を前に立ちつくした。男の笑顔から目が離せなかった。

そこには、喜多川がシャッターを切ったもう一枚の遺影が飾られていたのだった。

三年ほど前になるだろうか。梅雨の晴れ間の、真夏のように暑い日だったと記憶している。喜多川のスタジオに、思いがけない人物がふらりと訪ねて来た。

顔を見ても、すぐに名前は思い出せなかった。喜多川を見つめ、顔中をくしゃくしゃにして笑うその表情を見て、ピンの甘い写真のようだった記憶がようやくひとつの名前を引き寄せた。昔の顔と重なり合った。

「どうしたんだよ。ボウヤじゃないか」

「ご無沙汰《ぶさた》してます」

「ご無沙汰も何もないだろ。いったい何年ぶりになる？」

「もう二十二年かな。俺、今年で四十四ですよ。嘘《うそ》みたいだ」

大矢徹は、笑うとなくなってしまいそうな目をさらに細めて言った。彼の肩には、見るからに手入れの行き届いたコンタックスＳＴがぶら下がっていた。

「カメラ、やってるのか？」

喜多川が訊《き》くと、中年男がまた少年のような笑い顔になった。

「趣味みたいなもんですけどね。でも、こんな自分が今もカメラにかかわっていられるのも、先生のおかげです」

大矢は、喜多川が在籍していた出版社の写真部に、アルバイトとして入ってきた助手の一人だった。

当時、会社には五人のカメラマンが所属していた。大矢もカメラマン志望の若者で、あわよくばそのまま会社に所属できればと考え、アルバイトに応募してきた口だった。汗っかきで、いつもシャツの背中を濡《ぬ》らし、小柄な体を縮めるようにして、せかせかと先輩たちの間を動き回っていた。懸命さは感じられたが、やや器用さに欠け、照明の配置や露出のチェックも、人一倍時間がかかった。いつしか彼は、大矢という名前の響きから、〝ボウヤ〟と呼ばれるようになっていた。

　そのころ喜多川は――いや、北川浩二は、写真部に所属するカメラマンの中では最年少だった。それで自然と、ボウヤと組まされることが多かった。

　コンビを組んでみると、確かに仕事は速くなかったが、見のがせない取り柄が彼にあると気づいた。熱意を持って働く者を前にすれば、誰もが何かしらの刺激を受ける。忙《せわ》しげに現場を駆け回る彼の姿は、モデルやメークなどのスタッフをいつしか和ませ、時には集中力を呼び起こす役割をも果たした。不都合どころかかえっていい影響を及ぼすこともあると知り、北川は自らボウヤをパートナーに指名した。

　そのころの北川は、一人立ちするチャンスをつかむため、会社に隠れてアルバイトをいくつも引き受けていた。代理店からの孫受け発注、急なキャンセルの代行撮影、時にはいかがわしい写真のアルバイトも手がけた。その助手にも、大矢を誘い出したものだった。

　ところが――。

　コンビを組んで半年ほど経《た》ったころだと思う。大矢が大失敗をやらかした。

彼はまだアルバイトの身分であり、暗室への勝手な入室は禁じられていた。ベテラン社員の撮《うつ》したフィルムの現像や焼きつけは、北川たち若いカメラマンの仕事だった。北川はその役目を利用し、深夜の人気《ひとけ》のなくなった時を見計らい、アルバイトで撮したフィルムの現像をも、会社の備品を使って行っていた。それを時々、大矢にも手伝わせていた。お前も早く上達しろよと先輩風を吹かせ、ただ働きをさせていたようなものだったが、少しでも仕事を覚えさせてやりたいとの気持ちがあったのは確かだった。だから大矢も、暗室の鍵《かぎ》の在処《ありか》は知っていた。

その日は校了明けからまだまもなく、夕方から写真部は閑散としていた。北川は翌日からアルバイトの予定を入れてあり、会社の仕事を先に片づけたいと考え、深夜まで部内に残った。先輩カメラマンのフィルムを現像し終えた時は、すでに二時をすぎていたと思う。アパートへ戻るのも面倒なので、部内に置かれたソファでそのまま横になった。まだアルバイトの大矢が残っているとは知らなかった。

校了日から引きずっていた疲労のため、ぐっすりと寝入っていた。その眠りを破ったのは、時ならぬ非常ベルの音だった。

反射的に時計を見ると、明け方の五時二十分になっていた。ソファから跳ね起きた瞬間、部屋が黒い煙に覆《おお》われているのに気づいた。

火元は暗室だった。

守衛が消火器を抱えて走って来たが、その時はもう、暗室から吐き出されていた煙は細くなっていた。守衛と二人、消火器を構えながら、ドアを開けた。中に、茫然《ぼうぜん》と身をすくませる大矢が立っていた。

出火の原因は、大矢の不注意だった。彼が一人で暗室を使い、火気厳禁の規則を破って、ついうっかりと煙草《たばこ》を吸った。その火が、天井から下げられていたフィルムに引火したのだった。

小火《ぼや》ですんだのは幸いだった。しかし、その日現像を終えたばかりの貴重なフィルムはほとんど灰になった。

「すいません、すいません」

床に額をこすりつける大矢を立たせ、北川はその顔を殴りつけた。目をかけてやっていただけに、裏切られたような気がした。

小火の翌日から、大矢は無断欠勤を続けた。恥ずかしくて出て来られやしないんだろうよ。先輩カメラマンたちは口々に言った。電話を入れても取り上げられない受話器に、北川は胸騒ぎを覚え、アルバイトの一人に様子を見に行かせた。そのタイミングが少しでも遅れていたら、どうなっていたかわからなかったろう。

どこで手に入れたのか、睡眠薬を大量に飲んだ姿で、大矢は発見されたのだった。

「こんな俺が、今でも曲がりなりにも、カメラに携わっていられるんですから、本当に先生のおかげですよ」

畏《かしこ》まるように言い、大矢は何度も喜多川に頭を下げた。

「先生はよしてくれよ。俺はボウヤに何も教えちゃいない」

「いえ、先生の写真からずいぶんと教わりました。写真集、みんな持っているんですよ」

嬉《うれ》しげに言う昔の仲間を前に、恥ずかしく思えてならなかったのは、なぜだったのだろうか。昔の写真から、一歩も進んでいない。その現状を、喜多川自身、少なからず自覚していた。

「先生に一度、ちゃんとお礼を言っておきたかったんです。近くまで来たので、今日は思い切って寄らせてもらいました」

大矢はカメラマンをしているわけではなかった。彼はあるデザイン事務所で経理の仕事をしていた。小さな会社なので、満足にカメラマンを雇える予算が組めないケースもあり、そんな時にはデザイナーから請《こ》われ、カメラの腕を発揮させてもらっている。そう大矢は、満足そうな笑みを浮かべながら話していた。

確かその時に、女房が少し歳上《としうえ》で、女の子が一人いる、と聞いたような覚えがある。

だが、その女房の籍に入り、名字が変わったとまでは聞かなかった。

帰り際《ぎわ》に、思い出したように大矢が喜多川を見つめ、肩に下げたコンタックスを差し出しながら言った。

「――そうだ。よかったら、これで僕を撮ってくれませんか」

「よせよ。同業者のようなものじゃないか」

「いえ。以前から、先生に撮ってもらいたい、と思ってたんです」

喜多川は強引にカメラを手渡された。大矢があまりにもまじめ腐った顔を作るので、余計に照れくさい気持ちになった。

「おい、もっと肩の力を抜けよ。初めてヌードになるモデルみたいにガチガチじゃないか」

「変ですね。何だか緊張するんです、先生に撮ってもらえるかと思うと嬉しくて」

そう言いながらようやく頰が緩《ゆる》んだところを、喜多川はシャッターを切ったのだった。

その写真が、豊島知美の手の中にあった。

だからあの時、大矢はあれほど固くなっていたのだと、今さらながらに想像できた。彼は自分の死期を悟り、それで喜多川の前に現れたのだ。自分を救ってくれた恩人のような人に、最後の一枚を撮ってもらいたい、と考えて――。

そうだったのか……。喜多川は知美の手の中の遺影を見つめた。あのボウヤが妻と子供を残し、俺より早く逝《い》ってしまったのか。

豊島泰子が持ち込んでいた写真集は、もともとは大矢のものだったのではないのか。夫が最後の一枚を託した人だからこそ、彼女も喜多川に遺影を撮ってもらいたいと考えたのだ。

そんな一組の夫婦の最後を飾る写真を撮れたのだから、それだけでもシャッターを切り続けてきた意味があるじゃないか。そう思った。

もう一度、豊島泰子の遺影に向かった。写真の前で、少しは胸を張ってもいいような気が初めてしていた。

5

葬儀から三日経《た》った火曜日の夜に、豊島知美から電話が入った。

「実は、親戚《しんせき》の者と遺品の整理をしていたのですが、母の、昔の写真が、出て来まして——。もしかすると、先生の撮った写真ではないかと思うのですが」

「本当ですか？」

「お忙しいとは思いますが、それを確かめていただけますでしょうか」

彼女は写真をスタジオに持って来ると言ったが、こちらからうかがわせてもらえないだろうか、と喜多川は願い出た。葬儀の際は、二人の遺影を前に、簡単な黙禱《もくとう》を捧《ささ》げただけで終わっていた。いずれは正式に、線香を上げに行きたい、と考えていた。

翌朝は珍しく人並みの時刻に起床すると、スタジオへ入る前に、豊島親子が住んでいたアパートを訪ねた。

私鉄の駅から十五分は歩くところにある、狭い2DKのアパートだった。仏壇はなく、泰子の遺骨とともに、葬儀の際に目にした大矢の写真が飾られていた。その前で線香を上げ、あらためて手を合わせて冥福《めいふく》を祈った。

「これなんですが」

知美はなぜか頰の辺りを赤らめるようにして、古びた角封筒を差し出した。

大きさから、中に入っている写真は四つ切りだろうか。二十五年の歳月を物語るように、封筒のあちこちがすり切れたようになっていた。

「失礼します」

今にもちぎれそうな封筒を開けた。十枚ほどの紙焼きが入っていた。その最初の一枚を見て、知美が頰を赤く染めた理由がわかった。

一糸まとわぬヌードだった。知美によく似たやや化粧の濃い女性が、両手を首の後ろに回して髪をかき上げるポーズを取っていた。視線は左の中空。照明は右から。わずかに開かれた唇に、匂《にお》い立つ色香が写し出されていた。毛足の長い赤い絨毯《じゅうたん》の上に腰を下ろし、左足を立てて右足は寝かせ、腰から胸を右へひねり加減にしている。大振りの乳房から腰にかけてのラインが、照明を当てられて見事なS字曲線を描き、柔らかなカーブがそのまま腕やかき上げた髪へとつながっていた。

次が、ソファの上で寝そべり、胸の前で腕を組む姿だった。今度は下から照明を当て、組まれた腕に支えられて新たな質感を与えられた胸が、精巧に作られたオブジェのような複雑なシルエットを描いていた。アイシャドーのきついメークが時代を感じさせたが、ひそめた眉《まゆ》と閉じかかった目に、少女にも似た羞恥《しゅうち》が見えた。

写真は全部で十二枚あった。最後の二枚が屋外で撮られたものになっていた。青葉の茂る別荘地の庭だった。ウッドテラスの手摺《てすり》の向こうで、プリマドンナのように爪《つま》先立《さき》ちになって腰を折り、両手を空に向けた若き日の豊島泰子がいた。この二枚だけは、最初の十枚と比べ、アイディアが先走って見えた。屋外のために、照明の位置もほとんど考えられていない。やや太めの体の線が露《あら》わになり、崩れかけた体形が隠しようもなく見えていた。

十二枚の写真を手に、喜多川はため息をついた。ようやく胸に甦《よみがえ》るものがあった。そうだった。あのころのアルバイトで一度、蓼科《たてしな》の別荘を借り切って写真を撮ったことがあったはずだ。東京に戻ってからも、そのモデルを使い、同じような写真を撮った。そのモデルが彼女だったのだ。

フリーになる前だから、自分は二十六歳だった。当時の彼女はもう二十八になっていたはずだ。最後の二枚を見るからに、モデルとしてはとうに盛りをすぎていた。声もかからなくなり、それであんな仕事を受けざるを得なくなったのだろうか。彼女の側の理由は知らなかった。こちらはただ、男に欲情を催させる写真を撮れば、それで金になった。

「この写真を見つけて、最初は恥ずかしく思えて……。母はなんて仕事をしていたんだろうかって」

知美は畳に目を落としたまま言った。

「でも、写真を見ていくうちに、何だか胸が熱くなって……。ここには間違いなく、プロとしてモデルを務めていたころの母がいる。女として、羨《うらや》んでしまうような表情がいくつもあるんです。こんな顔をできるモデルが、どれだけいるかわからない気がして……。ああ、これが母の言っていた、先生に撮ってもらった写真なんだ、そうすぐにわかりました」

喜多川は十二枚の写真を知美の前にそっと押し出した。

「これは、私の写真ではありません」

「違う？」

「ええ。この十二枚は、お父さんが撮したものです」

喜多川は確信していた。自分が撮ったカットはもう記憶になかったが、あの時の自分が、この十二枚のような写真を撮るはずはなかった。自分はあの時のモデルを、ただの物として見ていた。男の情欲をかき立てる淫《みだ》らな対象物としてしか見ていなかったはずだ。

だが、この写真を撮ったカメラマンは違う。男を誘うようなポーズを彼女に一切取らせていなかった。特にあとで撮ったと思われる十枚は、やや太めの体の線を、どうすれば美しく見せられるか、実に考えつくされたポーズとライティングと構図になっていた。撮り手の抱く、モデルへの思いが、画面からにじみ出すような写真だった。

あの当時のアルバイトには、メークもスタイリストもおらず、助手として連れ出していたのは、大矢一人だった。器材の運搬からモデルのなだめ役までを、彼がいつも務めていた。そこで、何があったのかは想像するしかない。ただ、大矢は北川が休憩している間に、一人のモデルに頼み込み、自分も写真を撮らせてもらった。それが、ここにある別荘地での写真になった。

東京へ戻ってからも、大矢は彼女に連絡を取り、個人的なモデルの仕事を依頼した。思いのたけを託して写真を撮った。それが、ここにある残りの十枚だった。後ろの二枚より、遥《はる》かに考えられた写真に仕上がっているのが、何よりの証拠と言える。

そう考えてみると、初めて理解できるものがあった。あの暗室での小火《ぼや》騒ぎも、彼が自分の写真を現像しようと、深夜に一人で隠れて作業をしていたため、と思えば頷《うなず》けてくる。

さらには、その後の自殺未遂も、もしかしたら彼女とのことが関係しているのでは、とも考えられた。大矢は自分の撮った写真を彼女に見せた。あの写真からも、彼の気持ちは推察できる。だが——。

彼より五つも歳上《としうえ》で、しがないモデルを生業《なりわい》にしていた彼女が、それをそのまま受け取ったかどうかはわからない。坊や、気は確かなの。照れ隠しにも、そんなことを言ったかもしれない。それを大矢は真に受け――。

真相はわからなかった。それは、彼ら二人の思い出なのだ。この十二枚の写真には、一組の夫婦の熱き思いが込められている。それだけは間違いなかった。

事実をありのままに、知美に告げた。唯一《ゆいいつ》、自分のしていたアルバイトの内容だけは、やや脚色して――。

「素晴らしい写真を見せてもらいました」

正直な思いを告げると、知美がそっと写真を手にした。それを胸に抱くようにして言った。

「一生、大切にします。父と母の思い出の写真ですから……」

切り取られた一瞬は、いつまでも人の胸に確かな像を描いて残る。知美と別れたあとも、十二枚の写真が頭を離れなかった。仕事に戻っても、自分の撮した二枚の遺影がどれだけの役目を果たせたのかを考え続けた。そして、この先自分は、どんな写真が撮れるのかを――。

一日の仕事を終えてマンションへ帰ると、ダイニングのテーブルで、喜美子が生徒たちの答案を採点していた。時刻はもう十二時をすぎていた。

「お帰り」

「まだやってたのか」

「うん、あと少しだからね」

喜美子は言うと、再び前かがみになり、頰の脇《わき》に落ちた髪を耳の後ろへかき上げた。染めていたはずだが、襟足と耳の後ろに、白いものがまざって見えている。

喜多川は書斎からオートフォーカスの三十五ミリカメラを持って、ダイニングへ戻った。

「なあ。これで、俺を撮ってくれないか」

「あたしが？」

「これなら楽に撮れるだろ」

ストロボを装着すると、戸惑う喜美子にカメラを手渡し、向かいに座った。

「なにぼさっと見てるんだよ。ほら、シャッターを押すだけでいいんだから」

こんな時間に何の記念撮影なのよ。喜美子は不思議そうな顔で喜多川を見つめ返した。いつも撮るばっかりで、俺の写真、ちっともないじゃないか。それじゃあ、家族のアルバムだって作れやしないだろ。

「変な人」

くすくすと笑いながら、喜美子はカメラを構えた。姿勢を正し、妻に笑い返した。女のことで喜美子には迷惑をかけ通しだったと言ってもいい。それでも俺が遺影を撮ってもらいたいと思えるのは、やはり今カメラを構えているこの女しかないような気がした。

「何でそんな怖い顔してるのよ。ハイ、もっと笑って」

喜多川は妻に向かい、精一杯の笑顔を作った。

第4章
暗　室

42歳

保温バットに落としたカラーペーパーの上に、狙《ねら》いどおりの女の微笑《ほほえ》みが浮かび上がった。

薬液にひたされた中では色調が淡く見え、階調の緩んだ画面に映りもするが、乾燥とともに黒みが締まってコントラストが際立《きわだ》ってくる。ワインレッドのルージュを塗った唇にスポットを当て、モデルの肌の白さを引き立てようとフィルターでシアンを強調させてあった。まずは予想した仕上がりになる。

だが、それは、あまりにも計算どおりの、枠にはまった写真だった。ある程度の経験さえ積めば、誰にでも撮れる写真にすぎない。

「あと十パーセントほどマゼンタを強くして焼いてみますか」

いつまでも喜多川が黙っているのを見て、チーフの香川がピンセットを手に、顔色をうかがうような目を向けた。

「いや、これでいい。充分だ。次に移るぞ」

指示を出しながら、自分でも不機嫌になっているのがわかった。こんな写真で満足してくれるクライアントとの仕事が増えている。

写真は一瞬を切り取るものではあったが、そこから時代の流れやうねりをすくい上げていくのが、カメラマンの本来の務めだ。たとえポートレートでも、その人物の背負ったものをとらえなくてどうするのだ。そうアシスタントたちにくり返して諭しながらも、ではどれだけの時代や人の背景を写し取って来たのかと自問してみると、このところは頼りない仕事が多かった。

飯田橋《いいだばし》にこのスタジオを構えたのが、四年前の昭和六十一年だった。東証の平均株価は初の一万五千円台を突破し、円と地価が急騰《きゅうとう》した。仕事はどこからでも舞い込んできた。

喜多川は今年、四十二歳になる。脂《あぶら》の乗りきった時ではないのか。ちくちくと胸を刺す後ろめたさに目をつぶり、ビルのローンさえ終えてしまえば、どんな写真にだって向かえるじゃないか、と格好の言い訳を見つけて右から左へ仕事を流す自分がいた。

いいか喜多川、今年を振り返って見ろ。八月にはイラク軍がクウェートへ侵攻し、湾岸危機が勃発《ぼっぱつ》した。ベルリンの壁の崩壊を受けて東西ドイツも統合している。つい何年か前なら、編集者をだましてでもカメラを担《かつ》ぎ現場へ飛んでいたはずではなかったか。たとえ時代の流れをとらえる技量を持たなくとも、カメラマンである以上、我が身の生きてきた道は、残された写真の上に、否《いや》が応《おう》でも映し出される。

「先生、東広社の仁科《にしな》さんからお電話が入ってますが……」

暗室の外から声がかかった。カラープリントの現像は、温度と時間の厳重な管理が要求される。よほどのことがない限りは、暗室へ電話をつなぐな。そうスタッフには告げてあったが、仁科からの電話となれば別だった。

昨年の春、仁科圭二《けいじ》は腕を振るい慣れた第一制作局から、テレビ広告を扱う第二制作局へ異動した。二人で組んだ仕事は数えきれず、そのいくつかは名のある広告賞にも輝いていた。

その仁科から電話がかからなくなって、三年になる。

暗室の内と外へ休憩を告げた。暗幕をくぐってドアを抜けると、隣の会議室へ歩き、テーブルに置かれた受話器を手にした。

「おい、ニュースを見たか」

久しぶりだな、の挨拶《あいさつ》もなく、仁科はためていた息を放つような勢いで言った。普段から怒っているような口調でまくし立てるのが癖だったが、それが今日はいくらか物静かな響きを帯びていた。

「三時からずっと暗室だった。テレビなんか見ている暇があるか」

「落ち着いて聞いてくれ。――マナスルで、成綾《せいりよう》大学の登山隊が行方を絶った」

それがどうかしたか。言いかけて、声を呑《の》んだ。仁科が、見ず知らずの登山隊の遭難を聞きつけ、わざわざ三年ぶりに電話をしてくるとは思えなかった。とすれば……

すぐさま一人の女の顔が浮かんだ。いや、仁科の名を聞かされた時から、その顔と声が記憶のプリズムを通して何色にも重なり浮かび上がっていた。そうだった。彼女の出身大学は、確か――。

「六千メートル付近に設けた第三キャンプを出てから、今日で五日になる。現地のポーターが第四キャンプまで上がってみたんだが、そこには誰一人として残っていなかったそうだ。……隊員五名と随行員一名、すべてが消息を絶っている」

随行員一名――。

「おい、その中に……」

「ああ。彼女が、参加してた」

三ヶ月ほど前だったろうか。彼女の撮った山の写真をカメラ雑誌で見かけた。切り立った断崖《だんがい》を登り行く男たちを息づかいの聞こえてきそうな間近から追った連作で、カメラマン自身が岩肌に取りつかなくてはものにできない写真だった。

まだあいつは、こんなふうにして仕事に向かっているのか。そう思った。写真は悪くなかった。それぐらいの力はもとよりあった。が、一人で肩肘《かたひじ》を張る彼女の姿を見てしまった気がして、すぐに雑誌を閉じていた。

そうだったのか。意地を張り通して、とうとうヒマラヤへ向かうまでに自身を追い込んでいたのか。喜多川のもとを離れて一年ほどしてからだろうか、彼女は凍《い》てつく北の海や世界の高峰へ、それに挑もうとする男たちの世界へ、果敢に踏み込むようになっていた。

気がつくと、電話はいつのまにか切れていた。おそらく、仁科もまだ半信半疑なのだ。ただ誰かにそれを告げずにはいられなかったのだろう。

壁の時計を見上げた。六時を少しすぎていた。会議室を出て四階へ上がった。そこには、社長室という名の、狭いが一人になれる部屋がある。

なぜかドアに鍵《かぎ》を掛けていた。デスクの端に腰を預け、ひと呼吸おいてからテレビをつけた。ニュース番組を探し、チャンネルを替えた。

六時二十五分をすぎて、ようやくそのニュースを見つけられた。マナスルらしき資料映像が流れ、行方を絶っているという登山隊員のテロップが次々に表示された。その最後に彼女の名前があった。

――平石晴美（32）

情報がまだ少ないせいか、映し出されたのは彼女の本名だった。名前が出ていたのは、五秒にも満たなかった。画面はすぐに切り替わり、成綾大学内に設置された対策本部が映し出された。遭難はもう間違いない、とアナウンサーが淡々と告げている。それでも実感には乏しかった。

わざわざネパールへ遠征しなくとも、彼女ならいくらでも日本で仕事を手にできただろう。仁科とも別れたらしいと噂《うわさ》は耳にしていたが、彼女の腕と器量なら、喜多川と変わらない仕事の量は保てたはずだ。

だが、彼女は世界の高峰へ挑んで行った。意地を張り通し、過酷な被写体を追い求めて――。そこまで彼女を駆り立てさせた者の中に、間違いなく喜多川光司という男もいる。

まだ状況を把握できずに空回りする頭を振ると、喜多川は窓を開け放ち北風に頬をさらした。

1

平石晴美がスタジオに在籍していたのは、一年にも満たなかったと記憶している。

そのころの喜多川は、スタジオビルを購入したばかりで、長くもない腕を精一杯に広げ、舞い込む仕事はすべてふたつ返事で引き受けていた。連日スタジオに泊まり込み、なるべく帰ると妻に約束したはずの週末も、二週に一度帰ればいいほうだった。仕事が面白く、スタジオが誇らしく、それ以上に代理店や編集者とのつき合いが楽しく、夜ともなれば、只酒《ただざけ》にひたって店から店へ遊び歩く毎日だった。

カメラマン仲間の出版記念会や広告賞のパーティがあると聞けば、たとえ招待状が来ていなくとも勝手に足を運んだ。そうしても許されるところまで自分は来たのだ、それを確認する意味が大きかったと思う。

そんなパーティのひとつで、柊《ひいらぎ》ハルミと出会ったのだ。

場所は赤坂のホテルだった。代理店の担当者と誘い合ってパーティに顔を出し、業界の仲間たちと互いの地位や仕事ぶりを見せかけの嘆きや愚痴に隠して披露し、密《ひそ》かな優越感を確かめ合った。

そろそろ引き上げようかと思い始めた時だった。横から突然、腰の辺りに冷たいものが浴びせられた。あっ、という叫びに振り返ると、空になったワイングラスを手に、やけに背の高い女が立っていた。

長めの髪を後ろで無造作に束ね、肩をむき出しにした白いシャツを着こなしていた。色落ちしたジーンズに、足元は履き古したスニーカー。化粧気はなく、唯一《ゆいいつ》唇が鮮やかな深紅に彩《いろど》られていた。

「――ごめんなさい」

彼女は大慌《おおあわ》てでハンカチを手に、喜多川の前にかがみ込もうとした。女性にひざまずかれ、黙って体をふかせている男は、まずいない。大丈夫ですよ。笑って告げたが、彼女は聞かなかった。ホテルの者を呼び寄せ、貸衣装はどこにあるのか、と訊《き》いた。たかがパーティでの不始末だった。スタジオに帰れば着替えならいくらでもあった。その必要はありませんよ。くり返して言ったが、彼女は頑《がん》として譲らなかった。こんなずぶ濡《ぬ》れではタクシーにだって乗れない。今、代わりのものを用意させますから。

その姿は、申し訳なさを通り越し、ある種の必死さを感じさせるほどで、喜多川は苦笑を隠せなかった。では、ドライヤーでも借りましょうか。濡れたところさえ乾けば、タクシーにも乗れますからね。それでやっと、彼女の頬も少しは緩んだ。

ホテルの者にドライヤーを借り、控え室でワインレッドに染まったシャツと下着を乾かした。そうしながらも、一人でかすかな期待を抱いていたのは間違いなかった。

部屋を出ると、喜多川の期待どおりに、彼女が扉の横で待っていた。

「本当に申し訳ありませんでした。いずれこちらにクリーニング代を請求してください」

殊勝に頭を下げながら、角を丸くカットした名刺を喜多川に差し出した。

柊ハルミ、と名前があった。その上にひかえ目な英字で、フォトグラファーと書かれていた。

「狙《ねら》いは何かな」

名刺を受け取り、つい微笑《ほほえ》んでいた。

彼女は、実に見事な驚き顔を作った。眉《まゆ》をひそめ、さも心外そうな表情に変えた。

「どういう意味でしょうか？」

「パーティの最中、何度か僕の周りに来ていたね。コンパニオンにしては化粧気がないし、代理店の営業にしては服装がラフすぎる。どこの誰かと気にしていたんだが、まさか同業者だとは思わなかった」

喜多川の指摘に、どちらがワインを浴びせられたか分からないような目になり、彼女は睨《にら》み返してきた。まるで挑戦を受けて立つといった雰囲気の眼差《まなざ》しだった。

申し訳ありませんでした、と彼女は再び腰を折ると、形ばかりに詫《わ》びた。

「名刺にフォトグラファーなんて入れてますが、ろくな仕事はしていません。ですけど、仕事に不自由しているわけでもないんです。これでも化粧をすれば、それなりに見られる顔をしていますから」

それなりに、どころではなかった。彼女は自分のセールスポイントを、充分すぎるほどに自覚していた。代理店も編集者も仕事ならいくらでも抱えていたし、若く魅力的な女性カメラマンがいると聞けば、仕事をしてみたいと考える下心を持った男も掃いて捨てるほどにいた。

今にして思えば、あのころからハルミは、そんな自分の状況を嫌悪《けんお》し続けていたのだった。

「小綺麗《こぎれい》なポートレートを撮ったり、おしゃれな小物を並べて様になる絵をこしらえてみたり、そんな仕事はもうたくさんです。今はもっと力をつけたい。そう思って一時期、田辺先生のスタジオでお世話になっていたことがあります」

田辺義哉は、業界はもちろん、素人《しろうと》にも腕を知られた高名な写真家だった。彼女は形の整った眉を寄せると、小さく唇を突き出した。

「でも、あの先生、女の腰をなでまわすのは好きでも、カメラを手にするのはそれほど好きではない人でした」

喜多川は声に出して笑った。なるほど、彼女の腰はモデルにも負けない見事な曲線を描いていた。田辺ほどの巨匠になると、撮影コンセプトさえ口にすれば、あとはアシスタントがセッティングを手がけてくれる。よそ見をしている暇はたっぷりとありそうだった。

「それでも少しは、撮影や現像のデータから学べることはあったはずだ」

「ええ、本当に勉強になりました。女よりも男の嫉妬《しっと》のほうが始末に負えないって」

ハルミは言って、初めての笑顔を見せた。笑うといつも眉が寄り、苦笑のように見えてしまうのが、彼女の笑顔の特徴だった。

「情けなくて涙も出ませんでした。先生が鼻の下を伸ばして私に優しくしていたのは、どう見ても写真の腕を見たからじゃなくて、ほかに目当てがあってのことでした。それなのに、ただでさえ少ない私の仕事を、みんなで奪おうとするんですから」

締めつけの厳しいスタジオに、ありがちな話だ。男の嫉妬という海に投げ込まれ、息を詰まらせているハルミの姿が想像できた。

「笑わないでください」

「いや、すまない。自分に自信のないやつほど、人の仕事や行動が気になるものだよ」

「それにしたって……。撮影データはチーフの人がすべて握って、誰にも見せようとしないんです。女の私はいつまでたっても使い走りの仕事しかもらえませんでした」

「それで僕にワインを浴びせて、名刺を渡すチャンスを作ろうとしたわけだ」

「失礼いたしました」

悪びれずに彼女は言った。詫びの言葉を続けはしたが、そのくせ胸を張って振り上げた顔からは、その何が悪いと訴えるような、ひたむきさと秘めた決意がにじんで見えた。

「よし。明日にでも、風景、人物、小物、動物の写真を持ってスタジオに来なさい」

「はい、そうさせていただきます」

気の強い女は嫌いではなかった。

翌日、柊ハルミは写真と履歴書を手に喜多川のスタジオを訪れた。四階の社長室をさけて、あえてアシスタントがセッティングに動き回るスタジオの片隅で彼女と向かい合った。

本名は平石晴美。二十八歳。プレゼン用に作ってあったものらしく、赤い革装のファイルノートにカラーとモノクロを合わせて五十枚ほどの写真がまとめられていた。

もとより期待はしていなかった。想像していた以上だったと言ってもいい。

被写体のフレームへの収め方はよかった。見た目の安定感をわざと崩した画造《えづく》りには、センスも感じられた。幼子を撮った写真の中には、ありきたりの笑顔ばかりではない、子供なりの怒りや落胆などの新鮮な表情までがとらえられていた。だが、惜しいことに、どの画面にも深みがない。

彼女なりに撮影データは残しているようだったが、使用器材とフィルムの種類、シャッタースピード、絞り、フィルターの有無など、最低限のことを書きとめていたにすぎず、これではカメラ雑誌の欄外に添えられたデータと何の変わりもなかった。

「小綺麗なポートレートはもうたくさんだったはずじゃないのか？　なぜ光やレフ板の位置を控えておかない。照明の種類によっては、数字上の光度が同じでも、彩度や色相に違いが出てくるケースだってある。気象条件も同じだ。違うか」

「……はい」

「それに、現像データがないのはなぜだ。モノクロやネガフィルムもすべてラボ（現像所）任せにして、プロの仕事になると思ってるわけか。もちろん、データにとらわれない撮り方はある。報道写真がそうだ。データよりも対象物の切り取り方のほうが重要になる。けれど、君の写真からは、そちらの方面への関心はまるでうかがえない。何を撮りたくてカメラを手にしているのか、ちっとも伝わってこない写真ばかりだ」

途中から自分でも言いすぎかな、と思い始めたが、なぜか言葉を止められなかった。まるで昨日のワインの返礼だとでもいうように、次々と辛辣《しんらつ》な意見を続けた。

どれほど厳しい言葉を浴びようとも、ハルミは涙を浮かべなかった。唇を噛《か》みもしなかった。じっと揺るぎない視線を喜多川に返した。その目にあおられるようにして、さらなる言葉をぶつけていた。

スタジオにいる誰もが手を止め、こちらを見ているのがわかった。気まずさを覚えて、空咳《からぜき》をした。

「給与や休みなどの条件は、あとで秘書の高橋から聞いてくれ」

その言葉を聞き終えると、ハルミはすっと立ち上がり、深々と頭を下げた。

「よろしくお願いいたします」

振り上げたハルミの顔に、華やかな笑みがあるのを、喜多川は見逃さなかった。

その日から、ハルミは喜多川のもとで働き始めた。彼女はほぼ毎日、朝一番にスタジオ入りをした。最後にスタジオを出るのも彼女だった。新入りのアシスタントということで、彼女は自らスタジオの鍵《かぎ》の管理を引き受けたのだ。仕事への意気込みからくるものだったのか、それともほかに狙いがあってのことか、喜多川はハルミの心を量りかねた。

一日の仕事を終えて四階へ引けると、やがて後片づけをすませたハルミがスタジオの鍵を持って階段を上がって来る。それが毎日のように続いた。

ハルミが誘う素振りを見せたわけではない。スタジオの鍵を所定の位置に戻すと、彼女は型通りの挨拶《あいさつ》をすませて帰って行った。カメラマンとアシスタントの一線を、彼女のほうからは踏み越えようとしなかった。それでいて、スタジオでは喜多川と二人になる時間を作ろうとしているようにも思えるのだ。階段を上がって近づく彼女の足音が、自分の胸をたたこうとするノックの音に、喜多川には聞こえてならなかった。

何を計算しているのか……。狙いどおりになってたまるか。そう思い、スタジオでは無関心を装《よそお》った。わざとそうするからには、ハルミを強く意識している証拠だったが、かといって、それを悟らせるのは癪《しゃく》だからと気安く話しかけたのでも、かえってハルミの思惑にはまる気がした。そうやって、二人で見えないロープの引き合いをしていたのかもしれない。

やがて、アシスタントの一人がハルミに手を出そうとして、あっけなくはねつけられた、との噂《うわさ》が聞こえてきた。彼女を目当てに、滅多に顔を出さなかった代理店の者も、やたらと現場へ顔を出すようになった。

喜多川が我慢できたのは、四ヶ月ほどの間だった。

その夜、仕事を終えて四階へ上がると、喜多川はハルミの足音を待った。意味もなく煙草《たばこ》を口にし、脱いだばかりの上着を手にした。足音が聞こえてくるまでが、長く感じられた。

ノックが聞こえ、ドアが開くと同時に言った。

「平石君。よかったら、つき合わないか」

はい、と返事があった。待っていたような素早さだった。それで彼女の考えていたことが想像できた。

形ばかりにホテルのバーで四十分ほどを過ごし、予約しておいた部屋へ誘った。

喜多川が想像していたより、ハルミの動きはぎこちなかった。もっと奔放なものを期待していた。だが、そんな硬さの裏には、自分の行動への恥じらいのようなものもあったのかもしれない。明らかな計算ずくで近づいて来ながら、彼女は自分から踏み出そうとはしなかった。強《したた》かな女ならば、もっと自然に喜多川を引き寄せるすべに出ていたはずだろう。

それから一週間もしなかったと思う。

知り合いの出版記念パーティで、仁科圭二と久しぶりに顔を合わせた。そのころの彼は、ある国際スポーツ大会のPRを会社から任されていたが、ようやく半年近くにわたる専従チームからも解放されたところだった。

「やっと娑婆《しゃば》に戻れた気がするよ。——早速だけど、キタさんとまた組ませてもらいたい仕事があるんだ」

仁科は子供のような大きな声と仕草で喜多川を呼び寄せると、すぐさまパーティ会場の隅へ引っ張って行こうとした。

「ちょっと待った。君にはまだ紹介してなかったと思う。それとも、噂ぐらいは聞いてるかな」

その日はロケの帰りで、アシスタントも会場に連れて来ていた。いずれ一人立ちする気があるのなら、東広社にその人ありと言われた仁科と顔を合わせておいて損はない。そう考えて、ハルミをその場へ呼んだ。

会場の人波をかき分けて現れた彼女を見るなり、仁科の口元が急に緩んだ。

「ほう……。そうだったのか。キタさんのところで厄介になってたのか」

「はい、おかげ様で」

ハルミが仁科に答えて、ひょこりと頭を下げた。

驚きに、二人の顔を見比べていた。すでに顔見知りだったとは知らなかった。さすがに目が高いな、と冷やかすと、仁科が妙に慌《あわ》てたように手を振った。

「いや、そんなんじゃない。いつだったか、パーティで無理やり写真を見せられたことがあってな」

口に運びかけたグラスが止まった。ハルミの顔を横目で探った。こちらの視線に気づいていないのか、彼女は喜多川のほうを見ようともしなかった。

「パーティ会場で売り込みをしてくるやつがいるとは思わないだろ。しかも、その顔を見ると、会場の前で思いっきり足を踏まれた娘だったから、驚くじゃないか。十センチもありそうなハイヒールの踵《かかと》で踏まれて、何週間も痣《あざ》が残って大変だった」

仁科は屈託のない笑いとともに言った。ハルミが、大輪の花のような笑顔でそれに応《こた》えた。

「そのせつは失礼いたしました」

「キタさんのスタジオへ入ったのなら、ひと安心だ。徹底的に鍛えてもらえよ」

「はい。今もびしびしと鍛えられています」

なるほど。目が高かったのは、仁科ではなく、ハルミのほうだったのだ。」

二人のやり取りを見ながら、喜多川は一人で笑い出していた。

2

成綾大学登山隊の遭難は、三日もするとニュースの価値もないと判断されたのか、ベタ記事の続報すら見なくなった。仁科からの電話もあれ以来なく、喜多川は知り合いの記者を通して、その後の経過を知った。

マナスルで消息を絶った隊は、成綾大山岳部のOB三名と現役二名の混成チームで、そこに柊ハルミが加わり、半年前から遠征の準備が進められていたのだという。

遭難の一報を受け、大学側では、山岳部のOBを捜索隊として現地に向かわせたが、何の手がかりも発見できず、十二日後に帰国を余儀なくされた。山はこれから厳冬期に入り、二重遭難の危険がつきまとう。

遺体が発見されなくては、葬儀にもならず、大学で遺族と関係者を集めた合同慰霊祭が開催されるという話を聞いた。だが、そこに彼女がいないのでは、わざわざ祭壇の前へ赴いて花を捧《ささ》げることにどれだけの意味があるのかわからなかった。祈りを捧げるなら、どこからでもできた。

遭難から二週間ほどして、あるカメラ雑誌に四ページの特集記事が掲載された。彼女の残した写真集の版元が出している雑誌で、この機に乗じて少しでも売り上げを伸ばそうという作意の透けて見える特集だった。表面上は、彼女の死を悼《いた》む体裁を取りながら、その仕事をあらためて評価するでもなく、若くして異国の地で遭難した〃美《び》貌《ぼう》の女性カメラマン〃に、いかにもありがちなスポットを当てた提灯《ちょうちん》記事にすぎなかった。

そのいかにも安っぽい記事に、女性誌のいくつかが飛びついた。女の激しくも鮮烈な生き方。そんな見出しの記事が続いた。中には、彼女の足跡をたどり、喜多川にコメントを求めようとする雑誌もあった。

その種の依頼に、喜多川は一切応《こた》えなかった。持ち込まれるインタビューのどれもが、彼女の人となりにばかり関心が傾き、あわよくば過去の恋人の存在でも探り当てようかという底意が見えた。彼女の撮った写真について述べてくれというものは、ひとつとしてなかった。

喜多川の反応を怖《おそ》れでもしたのか、スタジオのスタッフも誰一人として女性誌からの取材に応えなかったようだ。ハルミがいた当時のスタッフはまだ多く残っており、そのすべてが喜多川との関係を知っていた。スタジオで大っぴらな態度を取るほど二人とも子供ではなかったが、自然と伝わるものはあったのだろう。

そしてもう一人、その関係に気づいた者が——いる。

遭難からひと月もたった金曜日の午後になって、喜多川はようやく自宅へ電話を入れた。

「はい、喜多川です」

最近になって、妻はどこか誇らしげにその名を告げるようになった気がする。そう思ってしまうのは、喜多川の抱える後ろめたさのせいだったろうか。

「俺だよ」

「ああ……」

ああ——のあとに、何か用かしら、と続きそうな口調だった。

「ようやく仕事の片がついた。八時には戻れると思う」

「そう」

ことさら何でもなさそうに言った。いつもなら、着替えを持って来るはずの喜美子も、このところ姿を見せていなかった。こちらの出方を見ている。それは想像できた。

今さらすぎたことを荒立て、生々しい修羅場を演じる気はない。それは向こうも同じなのだ。最初から、落ち着き場所は見えている。

「毎日、出前や仕出しの弁当ばかりで飽き飽きしてる。久しぶりに何かさっぱりしたものを食いたいな」

「……そうね。湯豆腐にでもする？」

「いいな、そいつは」

「じゃあ待ってる。遅くなるようだったら、また電話して」

川底に積もりつつあるものを隠して上辺だけの平静さを装《よそお》い、お互い受話器を置いた。そう。そうやって見たくないものには目をつぶり、いつのまにか結婚から十一年がすぎていた。

スタジオを開いた当初は、喜美子も駒場《こまば》のマンションから通って来ては、スタッフに紅茶や手製の焼き菓子などを振る舞っていた。けれど、どう頑張っても喜美子がスタジオでの仕事にかかわれるはずもなく、そんな機会は次第に少なくなっていった。夫婦してスタジオを切り回すようなことが恥ずかしくもあり、喜多川がそれをあまり喜ばなかったのも関係していたと思う。その後は、泊まり込みが続いた時に、着替えを持って顔を見せる程度になった。

時に妻がスタジオに来るからこそ、ハルミとのことは気をつけていた。ハルミも人前では距離を保とうとした。

二人で時を過ごすのは、早めに仕事を終えた夜と決まっていた。

「先生、現像を見てくださいます？」

それが、二人の情事の合い言葉だった。

ハルミは自宅のウォークイン・クロゼットを暗室に改造した。せめてモノクロぐらいは、自分で現像をしてみようと考えたのだという。

仕事を早く終えた夜は、時間差をつけてスタジオを出ては、彼女のマンションへと走った。暗室用のセーフライトをつけると、その赤く頼りない明かりのもとで、飽きることなく互いの体を求め合った。

「いいか。プリントでの手順までを想定して、シャッターを切るんだ。暗室の中では、仕上がりを計算して、フィルターや現像時間を選択しろ」

「それから？」

「まず最初に試し焼きをして、その仕上がり具合からデータを読み取れ。印画紙の種類、露光時間、焼き込み……。勘に頼るな。手間をかけてやればやるほど、写真は正直に反応を見せてくれる」

「先生、すべてを私に教えて……」

スタジオの暗室で仕事をするたび、ハルミにはデータの記録係を任せた。彼女には現像に関する知識があまりにも乏しく、どう処理してプリントまで仕上げるかという計算ができず、写真に深みがなかった。フィルムや印画紙の種類、それに現像液の温度や反応時間によって、どう仕上がりが変わってくるのか、それをわからせるためには、データの記録係を務めさせるのが一番だった。そうやって教えたことを、ハルミの部屋で再確認する日々が続いた。

何度かスタジオの暗室でも、二人で過ごした。スタジオ内で情事に耽《ふけ》ろうという馬《ば》鹿《か》な考えを起こしたのではない。

「先生。今度の写真は少し自信があるんです。スタジオで見ていただけないでしょうか」

あれは、二人して暗室で過ごすようになってから、半年ほどがたったころだったろうか。その夜も仕事を早めに片づけると、ハルミはアシスタント仲間といったん家路につく振りをし、一人でスタジオに戻って来た。

このところの休日をすべて使って撮り続けていたというフィルムを、彼女は喜多川の前で現像してみせた。

どこで撮影してきたものなのか、フィルムの大半は、暴走族の少年たちを追ったモノクロ写真だった。髪を逆立てた少年たちの放つ荒々しさを強調しようと、コントラストを上げるために増感現像で処理を進めた。

その反対に、減感現像を試すフィルムもあり、そちらは夜の商売につく女たちをとらえた写真だった。ただ、こちらのほうは計算が足りずに、露出がオーバーしすぎてフィルム上で光が拡散したため、画質が粗くなるという失敗に終わっていた。

だが、喜多川はプリントを見せられ、舌を巻く思いがした。

暴走族の少年や夜の女性たちは、よく被写体に選ばれがちな題材だった。カメラマンが踏み込んでみたくなる魅力を持つ対象であるからだが、誰もが簡単に撮影できるわけではなかった。そういった者たちは、仲間以外には人を寄せつけまいとする傾向が強く、その懐《ふところ》に入るには長いアプローチと嘘《うそ》偽りのない誠意が必要になる。それをハルミは、いとも簡単にやってのけていたのだ。

「今はまともなカッコしてますけど、若いころは結構、不良してましたから。こういう人たちの相手は、わりと得意なんです」

笑いながらハルミは言った。彼女の素顔が初めて垣間《かいま》見《み》えた気がした。計算を胸に秘めながら、するりと相手の懐に入り込むすべを、確かに彼女は持っていた。それはカメラマンとして、美貌よりも大きな武器になるはずだった。

あの時、それを彼女に告げなかったのは、明らかに喜多川の側の、嫉妬《しっと》だった。それを早くに伝えてやっていれば、彼女のそれからの身の振り方も少しは違ってきたかもしれない。

現像を終え、暗室の後片づけをハルミに任せてひと足先に四階へ上がったのは、そんな嫉妬にも似た波立つ気持ちを隠すためだった。ハルミが自分から離れていく時が近づいている。確かな予感が胸をよぎった。

社長室のドアを開け、そこで喜多川は目を見張った。デスクの上に、見慣れたバッグが置いてあったのだ。

昔はロケ先によく持って出かけたコールマンの布製バッグだった。最近では、スタジオに持ち込んだ記憶はなかった。それがどうして、こんなところに置いてあるのか？

背中を冷たい手でなで上げられたような気がして、しばらくはその場で立っていた。覚悟を決めてファスナーを開けた。喜多川の下着がきちんと端をそろえてたたまれ、収められていた。

仕事が続くと、喜美子が替えの衣類を持ってスタジオにやって来てはいた。だが、こんな夜中に来たことは一度もなかった。

「どうしたの？」

声に振り返ると、ハルミがドアのところから不思議そうな目で見ていた。喜多川はそれに答え返すことができず、無言でバッグのファスナーを閉じた。


「おかえり」

喜美子はダイニングのテーブルで夕刊に目を通していた。四週間ぶりの帰宅だったが、今朝早くに家を出た亭主を迎えるような口ぶりに聞こえた。

喜美子の趣味で選んだ、二人の暮らしにはやや大きすぎるダイニングテーブルには、やはり彼女が馴染《なじ》みの店で見つけた九谷のそろいの茶碗《ちゃわん》が一組置かれていた。テーブルが広すぎるせいか、久しぶりに見たせいなのか、並んだ茶碗がいつもよりか小さく見えた。

「中央広告社から気の早いお歳暮が来てたわ。お礼状、出しておいた」

「そういや、スタジオにも来てたっけか。物は何だった」

「忘れたの。あそこはいつもホテルのスープセットじゃない」

「そうそう。代わり映えがしないんだよな」

夫婦の会話によどみはない。

もちろん、喜美子がハルミの遭難について知らないはずはなかった。だが、それを自分から切り出したり匂《にお》わせたりはしない。喜多川も同じだった。テーブルを挟み、当たり障《さわ》りのない話題を出して互いの腹と機嫌を探り、久しぶりの夫婦二人の夕食をとる。慣れたものだ。

長い年月、気持ちにすれ違いの生じない夫婦などありはしない。こうやって気まずい時さえやり過ごしてしまえば、あとはもとの平穏な暮らしに戻っていける。

和やかな会話とは裏腹に、息の詰まりそうな食事を終えると、風呂《ふろ》に入って手足を伸ばした。

子供のない自分たちは、別れるならいつでもできた。その思いは互いの胸に刻んでいる。それでも別れようとしないのは、なぜなのだろうか。モデルや銀座の女に手を出しながらも、いつしか足は自然と家路をたどっていた。

喜美子にしても、妻の座にしがみつこうというのでは、きっとない。子供がなかったからこそ、喜多川は仕事に打ち込むことができ、今の生活ができている。と同時に、この十一年を生きてきた証《あかし》が、互いの胸の中にしか残っていないことと、どこかで関係してもいそうだった。二人の暮らしを清算することは、すなわち十一年分の暮らしを捨て去るのにもつながる。ふと最近、そう思える時が多くなっていた。

体をふいてバスルームを出た。喜美子はまだダイニングに座り続けていた。

「あ、出たの？」

振り返りながら、手にしていた雑誌をテーブルに置いた。雑誌ではなかった。見ると、喜多川の第一写真集だった。

「おかしなやつだな。今ごろどうしてそんなものを見てる」

「おかしい？　でも、あたしはこれが好きだから。ねえ、こういう仕事、もうする気はないの」

いきなり踏み込まれた。

スタジオビルを購入してからは、割のいい広告仕事を優先してきた。最近では、硬派の題材にはまるで寄りつかなくなっていた。

会社勤めのサラリーマンなら、妻に仕事の詳しい中身をつぶさに見られてしまうことはほとんどない。しかし、写真は人の目に触れてこそ価値を持ち得る。その世界で勝負をする喜多川にとって、最も手厳しい批判の目を備えているのは、昔からの仕事ぶりを見てきている妻になることが多かった。

喜美子は静かに写真集のページをめくった。

「忘れないでよ、こういう仕事」

「忘れちゃいないさ」

「本当かしら」

――贅沢《ぜいたく》なんていらない。自由なんてほしくはない。あなたが仕事に打ち込むというのなら、一人でいるのも我慢する。でも……。

そう言われたのだ、と思った。昔の仕事を忘れるなというのは、私を忘れてくれるな、という言葉も同じだった。

「ほら、さっさと風呂に入れよ」

喜美子の手から写真集を取り上げた。目を閉じても鮮やかに浮かぶはずの表紙を見ているのがなぜかつらく、そのまま書棚の隙間《すきま》にそっと戻し入れた。

3

女性誌に場所を移した興味本位の報道からまもなく、ある週刊誌に大きくハルミの写真が載った。それを喜多川は、スタジオ撮影の合間に、ふと手にした夕刊の広告で知った。

――隊員五名を全滅に追い込んだ、美貌《びぼう》カメラマン死の撮影登山――

見出しが目に飛び込み、いつまでも残像がちらついた。とても仕事を続けられはしなかった。助手の一人に週刊誌を買いにやらせた。それを手に四階へ一人で上がった。呼吸を落ち着け、ページを開いた。途中から文字を追うのが辛《つら》くなった。雑誌を持つ手が怒りに震えた。どこまでウラの取れた記事なのか。真っ先にそれを疑問に思った。

成綾大学の登山隊を名乗ってはいても、実質的にはハルミの率いる隊だと記事にはあった。あるスポンサーが一年ほど前からハルミの仕事に援助を続けており、今回の旅費の大半も、その会社が出していたのだという。ハルミが自らの足でヒマラヤの山へ挑むために結成された隊も同じだったのだ。

ハルミは、二年前から山の写真を撮るようになっていたが、世界の雪山へ挑むには、まだまだ登山の経験が不充分だった。八千メートル級の高峰に向かう力量はとてもなく、成綾大学の山岳部もハルミの経験不足は承知していた。だが、部の実績作りのためには、見逃せない好条件だった。

案の定、ヒマラヤに乗り込んでからの登山隊の進行は、事前の計画よりも大幅に遅れを見せた。ハルミの体調を優先させたからで、素人《しろうと》の女性が実質的に隊の指揮権を持っていたからにほかならなかった。山を知らないカメラマンが、自分の写真のために登山隊を指揮し、遭難にまで追いやった。事故ではなく、人災だ。そう記事は主張していた。命を落としたハルミに、むち打つような記事だった。

確かに彼女はこの三年、男でも進んで挑もうとはしない写真ばかりを狙《ねら》って撮ってきた。冬の凍《い》てつく分厚い流氷の下で生きる生物。外人部隊の男たちとその過酷な演習。岩肌に取りつくロッククライマー。それらの被写体に向かい、体当たりとも言える撮影方法をあえて選んでいた。

喜多川のもとを離れ、独り立ちした当初は、美貌の女性カメラマンということで、ずいぶんと持てはやされたものだった。だが、そこには必ず、彼女の撮った写真とは別に、彼女の全身や顔を別のカメラマンが収めた写真が、なくてはならない彼女の肩書きのようについてまわった。

どんな仕事をしようとも、女にしては頑張っている、所詮《しょせん》は話題性が先じゃないか、そう言われた。そんな批判を嫌い、並の女では決して撮れない被写体ばかりを、彼女はやがて追い求めるようになった。

――そうさせたのは、誰なんだ。

臆面《おくめん》のない記事を書いて恥じない週刊誌の記者に怒鳴りたかった。美貌のカメラマン登場と真っ先に持てはやしたのは、今彼女をたたいているマスコミ連中ではなかったか。そして、ハルミの写真と仕事ぶりに嫉妬《しっと》を覚えた、喜多川たち写真界の男たちも同罪だった。

死人に口なし。隊の関係者が全滅している今、記事を裏づけるものは何ひとつない。大学側としては、責任のすべてをハルミ一人に押しつけられるのだから、もっけの幸いだったろう。

その記事を境に、女性誌からハルミの記事は消えた。書店からもハルミの写真集は消えた。世間なんてこんなものさ。一人で呟《つぶや》いてみても、口惜《くや》しさは消えなかった。ハルミを誹謗《ひぼう》する記事が続いても、仁科からの電話はなかった。こちらからも、かけなかった。男二人で世間への恨みをぶつけ合ったところで、死んだ彼女が浮かばれるわけではない。

週末に自宅へ戻っても、喜美子にいつもと変わった様子は見られなかった。

ただ、喜多川が思いついて廊下の先にある納戸《なんど》を開けると、積まれた古新聞の間に、女性誌らしき厚みと判型を持つ雑誌がいくつかはさまれているのが見えた。

引き出すまでもなかった。新聞をずらしてのぞいた表紙の端には、見慣れたハルミの顔写真が載っていた。

4

仁科からの電話が入ったのは、遭難から早くも半年近くがすぎた四月初めの水曜日の午後だった。

「おい、ニュースを聞いたか」

半年前と同じように、仁科は何の挨拶《あいさつ》も前置きもなく切り出した。

「何のニュースだ」

「仕事ばかりしてないで、少しは世間にも関心の目を向けろよ。――マナスルで、成綾大登山隊のものと思われる遺体が発見された」

忘れかけていた痛みが、胸の中で疼《うず》いた。

「本当か……」

「一報が入ったのは、昨日の午前中だ。所持品などからまず間違いないらしい」

「彼女も――いるのか」

「ああ。山岳部の関係者と家族が明日にでも引き取りに発《た》つらしい。なあ。来週にでも一度、会えないかな」

会ってどうする。二人で半年遅れの通夜《つや》でもやろうというのか。もう少しで口にしそうになった。

「おまえが忙しいのはわかってる。三十分でいいんだ。空いた時間があれば、そっちに出向く。どうだ、無理か」

「意地の悪い質問をするな。いくら仕事を抱えてたって、うちの連中に任せていいようなものばかりなのは、あんただって知ってるじゃないか」

「よし、決まりだ。来週の頭にもう一度電話をさせてもらう」

それだけ言って、慌《あわ》ただしく電話は切れた。

翌週の月曜日に、仁科から短い電話が入った。週末の約束を確認すると、その二日後にファクシミリで店の地図が送られて来た。五年ほど前までは、打ち合わせと称して仁科と二人で毎晩のように飲み歩いたものだったが、その馴染《なじ》みの店のひとつではなかった。

四谷《よつや》駅から新宿通りを少し下った路地に、その店はあった。地下への狭い階段を下り、一枚板のドアを押した。カウンターとボックス席が二つだけの、小さな細長い造りの店だった。

仁科は奥の席で、長身を折り畳むようにしてテーブルにひじを突き、喜多川を待ち受けていた。少し瘦《や》せただろうか。第二制作局へ移ってからは、彼らしい仕事をしたとの評判は噂《うわさ》にも聞こえてこなかった。

よお、と言って昔のように軽く手を上げると、仁科は軽く頷《うなず》き返した。

「テレビはどうだ」

「苦戦してるよ。テレビってのは、スーパーのショーケースみたいなもんだ。番組はパッケージにすぎず、タレントという商品の数やその鮮度が要求される」

仁科はテレビの世界の不満を続けて口にした。愚痴を聞いてもらいたくて呼び出したわけではなかったろうが、しばらくはそれにつき合った。だが、業界が違ってしまえば、共通の話題は乏しく、互いの消息を十五分も語れば、自然と会話は途絶えた。

仁科は盛んにグラスを口に運んだ。それなのに、中の酒は少しも減っていなかった。うながしもせずに、言葉を待った。

ようやく彼はグラスを置いた。

「……カトマンズまで行って、昨日の夜に帰って来たところだ」

驚きのあまり言葉がすぐには出てこなかった。

仁科がカトマンズに——？

「おまえ、遺体を引き取りにいったのか」

「そうじゃない。それは家族の仕事だ。俺のような者が出しゃばれることじゃない」

「じゃあ……仕事か？」

「あいつにスポンサーがついてたのは、聞いてるな」

頷くと、仁科は、世界的にも名の知れた日本のあるスポーツ用品メーカーの名を告げた。

「二年ほど前からあいつが山の写真を撮っていたのは、すべてそこのスポンサードだった。来年から山岳用品に打って出る計画があり、あいつの写真を全面的に使っての広告話が進行中だった」

「おまえのところが、代理店として嚙《か》んでたわけか」

仁科は重たそうに首を振った。

「おまえも知ってるように、三年前に俺とは終わってるんだ。あいつだって、そうなってもなお、うちから仕事をもらおうなんて図々《ずうずう》しく考える女じゃないさ」

仁科は苦そうに酒を口に運ぶと、日本最大の広告代理店の名前を出した。

「取り仕切っていたのは、そこだ。新しい男がいたのかどうかは知らない。知りたくもないから、調べなかった」

少なくともその口振りからは、仁科が男の影を感じ取っていたのは確かなように思えた。

「登山隊にまで金を出そうってわけだから、かなり大がかりな計画だったようだ。ところが、今回の遭難だ」

「計画は白紙になったか」

「ああ。スポンサーが手を引くことを決めた。例の週刊誌の記事で、ケチがついたからな」

スポンサーは世間の評判を何よりも気にする。よくない噂を立てられたのでは、新商品の売れ行きや評判にまで影響しかねない、と考えるからだ。六人もの死者を出した遭難ともなれば、スポンサーが手を引くと言い出すのは無理もなかった。

「遭難してカメラマンの行方さえわからないんだからな。その写真を使うどころの話じゃない。そう聞いて、スポンサーのところへ飛んで行った」

「おまえ、彼女の写真を――」

仁科はついと顔を上げると、当然のように頷き返した。

「ああ。あいつの写真の権利を買い取った。遺体が発見されれば、荷物の中から撮影ずみのフィルムが見つかる可能性もある」

その反対に、見つからない場合も充分あり得た。遭難から十年がすぎても、発見されない遺体はいくらでもあると聞く。スポンサーにしてみれば、無駄な投資に終わったはずが、出てくるかもわからないフィルムの権利を手放すことで、何割かの資金が回収できることになる。額によっては、喜んで権利を譲るケースもあっただろう。

「いくらかかった？」

「それは聞くな」

「会社の金ではないんだな」

「だから、聞くな。まあ、少なくはない数字だ。女房にも黙って、退職金を前借りして、すべてはたいた。けど、な。俺はどうしても、あいつを放り出したくなかった。利用するだけ利用して、あとは放っておくなどという連中と俺は違う。それをあいつに見せてやりたかったのかもしれない」

ハルミと仁科が、なぜ別れることになったのか、それは知らなかった。もしかしたら、自分と似たようなものだったのかもしれない。

――短い間でしたが、お世話になりました。

ハルミがそう切り出してきたのは、彼女が喜多川のもとについてから一年になろうとするころだったろうか。何の前触れも感じ取れなかった。喜多川はあっけにとられて彼女の妙にさばさばとした顔を見返した。

「俺と別れて、どうするつもりだ」

「独り立ちをしたいと思います」

「誰と組むつもりだ」

すぐにそう訊《き》いていたのは、パーティでかけられたワインの冷たさを思い出していたからだった。

ハルミはその問いに答えなかった。ただ、ありがとうございました、心から感謝しています、とくり返した。

近づくのと同じような強引さで、ハルミは喜多川のもとから離れていった。

それからしばらくして、ハルミの写真を使ったポスターが街にあふれた。新製品の携帯型コンパクト・ディスク・プレイヤーの広告だった。

使われた写真は、いつだったか喜多川が暗室で見た覚えのある、暴走族の少年たちを撮《う》したうちの一枚だった。それを背景に、新製品が中央に配置され、「俺たちの音が聞こえる」とのコピーがつけられていた。

その広告と同時に、いくつものカメラ雑誌にハルミの写真が続々と掲載された。暴走族の少年たちを追った写真集も発売された。新製品とともに、カメラマンであるハルミを売り出すための多角的な戦略だった。

仕掛けたのは、仁科だった。美貌《びぼう》の若きカメラマンがやり場のない少年たちの心をとらえた。写真集の謳《うた》い文句も、彼が自ら書いたものだったと、あとになって知った。それを境に、仁科からの仕事はぱたりと途絶えた。

腹は立たなかった。別に裏切りでも何でもない。もともとハルミは、まず仁科に近づこうとしたのだから。それを思い返し、一人で笑った。たった一年で現像の腕をものにした、ハルミの情熱を賞賛したいぐらいだった。

「待て。スポンサーが手を引いたとはいえ、写真は家族のものでもあるはずだ」

疑問を口にすると、仁科は毅然《きぜん》とした顔を作った。

「二ヶ月かかって、両親を説得したよ。ハルミの写真にどれだけの価値があるのか。写真が出てくれれば、遭難が彼女のせいではなかったとわかるかもしれない。それをスポンサーに売り渡したのでは危険すぎる。そう説得した」

仁科は言葉を切ると、足下に置いてあった黒革の鞄《かばん》を取り上げ、テーブルに置いた。中には、ネルの大きな袋が入っていた。

「ここに、三十八本のフィルムがある。あいつが残した最後のフィルムだ」

言って、袋を開けた。三十五ミリのフィルムが大半で、ブローニーは六、七本だろうか。そのうちの三分の一ほどがネガフィルムだった。雪山という苛酷《かこく》な撮影状況を考え、押さえとして持って行ったのか、プリント時での加工を狙《ねら》っていたのだろうか。確かベースキャンプを発ってから二週間目の遭難だったはずだから、遭難までの全行程で撮ったものとなれば、一日二本半強になる。

「家族じゃない俺は、あいつの墓なんて作れやしない。せめて写真集を出してやるぐらいしかできないだろ」

ネルの袋の底からは、赤い革装の手帳も出て来た。それを手に、仁科が初めて正面から喜多川を見つめた。

「ここに撮影データらしきものも書きとめてある。これを現像するにふさわしいやつは、おまえしかいない」

「それが呼び出した目的か」

「やってくれるな」

素直に頷き返しはできなかった。

「フィルムの現像なら、ラボに出せばいい」

「おまえにやってもらいたいんだ」

「俺だって、カラーは必ずラボに出す」

「嘘を言うな。いつだったか、フィルムの現像までをスタジオでやったことがあるはずだ」

ある着物メーカーの大型ポスターだった。繊細な柄を生かしつつ、セピアに似た画面がほしいという注文で、〝銀流し〟という特殊な現像にチャレンジした。引き伸しに耐える画《え》も必要なので、フィルムの現像から独自のデータを集めておきたかった。

「あれは、失敗も計算に入れたうえでの特殊なケースだ。カラーフィルムの現像は、徹底した温度や時間の管理が必要になる。些細《ささい》なミスが色のバランスを狂わせて、せっかくのフィルムが台無しになることだってある。ハルミが残した最後のフィルムを無駄にしたくないなら、ラボに出すべきだ」

「でも、おまえのスタジオでなら、できるはずだ。そうだな？」

「ラボに出せない理由でもあるのか」

仁科は執拗《しつよう》にフィルムを喜多川に託そうとしている。そこに何が写っているのかを、彼は怖《おそ》れているのではないか。

仁科は視線をグラスに落とした。フィルムの袋に手をかけながら、顔を上げた。

「カトマンズでは、権利を主張して、このフィルムと手帳を引ったくるようにして持って来たんだ」

「どうしてそこまでする必要がある」

「山へ登る男たちってのは、遠征になるとまずたいていが日記をつけるものらしい。けれど、それが今回は、まだ見つかっていない。唯一《ゆいいつ》、隊の記録となりそうなものは、今のところこのフィルムだけだ。つまり、隊に何があったのかの手がかりは、これしかない」

「彼女の名誉のためか」

仁科は落ちくぼんだ目を見張り、深く頷いた。

「ラボに出したんじゃ、フィルムの秘密は守れなくなる。違うか？　いつだったか、密《ひそ》かに撮ったはずの大物女性歌手のヌードが世に出たじゃないか。あんなことがあっては困る」

「おまえ、彼女が隊を遭難させたと思ってるわけか」

「そうあってほしくないと願ってる。けど、その可能性は否定できない。これ以上、死んだあいつをむち打つような真似《まね》はしたくない」

「もし、高度が上がるにしたがって、途中から写真の数が少なくなっていたら、どうするつもりだ」

それは、週刊誌の記事に書かれていたように、彼女が隊の足手まといになったことを意味する。フィルムを現像し、その事実が裏づけられた時、写真を発表せずに葬《ほうむ》る道が彼女のためになるのだろうか。

カメラマンである限り、残したものは世間に広く見てもらいたいと願うものではないのか。少なくとも、自分ならそう思う。

「頼む。おまえしかいない。東広社を通した仕事じゃないが、見合っただけの報酬は必ず支払わせてもらう」

「誰が金のことを言った」

「じゃあ、何だ。何が不満だ。俺からの仕事はもう金輪際ごめんか。あいつを奪っていった男からの仕事は嫌か？」

そうではない、と言いたかった。

5

なぜ仁科からフィルムを受け取らなかったのか。店を出たあとも、一人で考え続けた。

週刊誌の記事にあったように、ハルミが隊の足手まといとなっていた場合、それを真っ先に知るのは喜多川になる。しかも、どれだけ喜美子に隠そうとしても、写真集という形になった時は、喜多川が協力したと知られてしまう。それを一人で受け止める覚悟がまだできていなかった。

もちろん、ハルミを守ってやる方法はいくらでもあるだろうし、自分の名を出さずに協力する方法もないわけではない。だが、そんな策をろうしたのでは、ハルミにすまない気がするのも、また事実だった。

仁科と別れたあとも、いつしか足は銀座へ向いた。酔えば酔うほど、なぜか耳元でハルミの息遣いが甦《よみがえ》ってくる気がした。

自宅へ帰り着いた時は、深夜の一時をすぎていた。音を立てないように注意して玄関の鍵《かぎ》を閉め、リビングへ歩いた。手探りで蛍光灯のスイッチをつけた。

何気なく鞄《かばん》を置こうとして歩きかけ、息が止まった。誰もいないと思っていたリビングに、人影があったのだ。

喜美子だった。

テーブルに突っ伏し、寝ていたのではない。両手を前に、まるで何かを抱え込むようにして手を組み合わせていた。喜多川が飛びのくようにして体ごと視線を向けると、今開いたとは思えない目が、じっとテーブルの上にそそがれていた。

「驚くじゃないか。まだ寝てなかったのか」

喜美子は何も答えなかった。身動きひとつしなかった。

「遅くなると言ったろ。久しぶりに仁科と会ってきた」

「――仁科さんからの仕事をするの？」

耳を疑った。まじまじと妻の横顔を見た。どうしてそれを……。

かすかに喜美子の頭が揺れた。視線がテーブルの上を動いた。

その先を追うと、テーブルの左端に折りたたまれた新聞が置かれていた。我が家では見かけない夕刊紙の、オレンジ色に塗られたタイトル面が見えた。

瞬時に思い至り、新聞を手にした。裏からページをめくっていった。事件や芸能にまつわる記事は、後ろのページと決まっていた。

予想は当たった。ハルミの顔写真が大きく掲載されていた。記事の見出しに目が吸い寄せられる。

――美人カメラマン、死の登山行が写真集に！

半年前にマナスルで遭難死した成綾大学登山隊の遺体が見つかり、同行していたカメラマンの荷物から撮影ずみのフィルムも発見された。それを写真集に仕上げる話が持ち上がっている、とあった。話の出所は、スポンサーだった会社らしく、ある広告代理店の者がフィルムの権利を買い取っていった経緯が詳しく書かれていた。しかも、その写真集をまとめるカメラマンの候補として、ハルミの師である喜多川の名前までもが出されていた。

新聞をたたみ、テーブルへ置いた。喜美子はまだこちらを見ようとしない。

遺体発見のニュースは、テレビや一般紙でも報道された。その詳細を知ろうと、喜美子はスポーツ紙や雑誌にも目を通していたのだろう。そして、この記事を見つけた。たとえ顔や態度に出さなくとも、五ヶ月前から絶えずハルミを気にかけ続けていたのだった。

何かを言わなくてはならない。喜美子は、それをじっと、こうして暗い部屋で待っていたのだから。

言葉を探した。なぜか頭に思い浮かんできたのは、釈明の言葉ではなく、昔の喜美子の顔だった。今とは違い、若く、まだあどけなさの残る顔が、なぜか目の前をちらついた。

「おまえも……知ってるだろうが、もうとっくに終わったことだ」

言い訳の言葉にもならなかった。喜美子は小さくかぶりを振った。

「終わればいいの？」

「よくはないかもしれない。でも、もともと向こうは、俺のことなんか、踏み台のひとつとしか見ちゃいなかった。わかるだろ。写真の技術さえ盗んだら、それで終わりだ」

「向こうの気持ちじゃなくて、あなたの気持ちじゃないかしら」

正論をぶつけられた。

「だから、遊びだ。本気じゃなかった」

「遊びだったのなら、そんな写真集なんて、手伝う気はないわよね」

喜美子は懸命に自分を抑え、淡々と言った。手伝う気はない──その言葉を彼女は待っていた。

ああ、遊びだ、だから写真集など作りはしない。そう言え。口にさえ出して言えばいいんだ。そう思いはしたが、なぜか声にならなかった。

「──手を貸さないって言ってよ」

小さく叫ぶような声があふれた。

それを受け止め、胸に問い返してから、喜多川は言った。

「たとえ夫婦の間でも、ついておいたほうがいい嘘《うそ》ってものはあると思う。でも、これ以上嘘を重ねたら、おまえにも死んだあいつにもすまない気がしてならない。勝手な男の言いぐさだというのは理解してる。だけど、あいつの弔いだと思って、許してはくれないだろうか」

「できるわけないでしょ、そんなこと！」

喜美子が髪を振って立ち上がった。うつむいたまま、テーブルに向かって言葉をぶつけた。

「何言ってるのよ、できるわけないじゃない……」

顔は上げなかった。たとえ夫婦の間だろうと――いや、夫婦だから、醜くゆがんだ顔を夫には見せたくなかったのだろう。

「おまえも知ってるように、今度の遭難には、あいつが足手まといになったのではないかという噂《うわさ》がある。残されたフィルムを見れば、それが単なる言いがかりだったのか、真相がわかる可能性もある。あいつの名誉にもかかわることだ」

嘘はつきたくなかった。正直に告げればいいというものでもないだろう。亡《な》くなった者だからこそ、許せないものはある。

「出てって」

髪が激しく揺れた。その間から見えたあごの先に、滴《したた》るものがあった。

「聞きたくない。顔も見たくない……。仁科さんと会って、あの女のフィルムを預かって来たんでしょ。あんな女の写真なんて、うちに持ち込まないで」

喜美子は顔を伏せたまま、大きく腕を振った。肩をたたかれ、後ろへ一歩下がった。

「出てって。早く出てって……」

「すまない」

それしか言えなかった。喜美子は頑《かたく》なに顔を上げようとはしない。

「早く出てってよ」

涙に詰まった声と腕で、ぐいと胸を押された。そのまま廊下を後退した。

喜美子は顔を上げずにもうひと押しすると、足を止めて喜多川に背を向けた。見慣れたはずの背中が小さく見えた。

「それを……終えるまでは、絶対に帰って来ないで」

ドアに向かいかけた足が止まった。振り返ると、喜美子の背中が、今度は廊下の先で、なぜか大きく見えるのだった。

その背中が揺れた。

「早く行って。一人にさせて……」

「すまない。——なるべく、早くに帰る」

妻の背中に詫《わ》びると、喜多川はドアを押して玄関を出た。

6

マンションから表通りへ出て、公衆電話を探した。仁科の自宅の番号を押した。すでに深夜の二時をすぎ、迷惑な時間だというのは承知のうえだった。

意外にも、たった二度のコールで受話器が取り上げられた。

「俺だ。こんな時間にすまない。起きてたらしいな」

「やっと坊主《ぼうず》が寝ついたところだ。こんな時間に何だ。例の話か」

「そうか……子供がいたのか」

知らなかった。こんな時間に寝ついたというからには、まだ夜泣きの盛んな歳《とし》なのだろうか。

「四十の恥かきっ子だ。この二月で二つになったばかりだ。うるさい盛りでたまらんよ」

ぼやくように言いながらも、急に声に張りが増したように聞こえた。

「こんな時間に電話をかけてくるぐらいだから、受けてくれるんだろうな」

「ああ。その代わりに、おまえも手伝え。助手が必要だ。今からスタジオで待っている」

「今からだと？」

「それが引き受けてやる条件だ。一緒にハルミを弔ってやろうじゃないか」

　裏の通用口の鍵《かぎ》を開け、誰もいないビルに足を踏み入れた。明かりを順につけながら、四階まで上がった。踏みしめた階段のひとつひとつが、自分の歩いて来た道に思えた。その先は四階で途絶えている。それが、自分の人生のどの辺りの場所になるのかはわからなかった。

　汚れた下着が入ったままの鞄《かばん》を置き、三階へ戻った。扉を開け、遮光カーテンをくぐって暗室のドアを押した。明かりをつけ、一人で準備を始めた。こうやって、たった一人で現像液の用意をするのは、いつ以来になるだろうか。

　あらかた準備が整ったところで、階段を上がる足音に気づいた。あのころのハルミの足音を懐《なつ》かしく思い出したが、今聞こえてくるのは男の重く鈍い足音だった。

　かつては何度も通い慣れたはずのスタジオだったが、仁科は物珍しそうな顔で辺りを見回した。どこにも変わったところがないと確認し終えたのか、手にした鞄を掲げて見せた。

「入れよ」

喜多川は言って、仁科にドアの前をあけた。

暗室に一歩入るなり、仁科はちょっと表情をゆがめた。中はすでに鼻を突く現像液の臭《にお》いに満ちている。

「男二人で暗室か」

仁科が言って、照れくさそうに笑った。

「あいつのためだ。我慢しろ」

三十八本のフィルムと赤い革の手帳を受け取った。

まずはフィルムを選り分けると、手帳を開いて撮影データを確認した。フィルムナンバーごとに、小さな文字がびっしりと書き連ねてある。

天候、気温、光の角度、シャッター速度……。かつて自分が教えたとおりの書き方だった。それらの数字と記号が何を意味するのか――彼女がどんな環境でシャッターを切っていったのか――喜多川には手に取るように実感できた。略字と記号が多いために、たとえ同業者でも、すべては読みとれなかったに違いない。

彼女独特の角張った文字を眺めながら、ふいに目頭が熱くなった。

十月二十一日午前八時四十二分。天候は快晴、気温マイナス六度。太陽光は右六十五度、しかも朝陽の位置はかなり低いとの記号がある。つまりは、やや逆光気味だ。絞りは抑えてシャッタースピードを長めにしていた。ということは、山の遠景を狙《ねら》ったものだろうか。それが露出を補正して四枚。続いて弱い朝陽を幸いに、逆光のまま、シャッタースピードを速めにしてのフラッシュ撮影。動き始めた登山隊を追ったものだ。そのあとに、広角レンズへとチェンジして、空と雲を大きく入れ込んだらしいショットが続く。

十月二十四日から二十七日までは、たった一本半のフィルムしか使われていなかった。ビバークを余儀なくされたか。それとも、ハルミの体調が悪くなったか。データの先を追えば、現像しなくとも、それは想像できた。二十八日からは、ほぼ一日に三本の割合で、三十五ミリのシャッターが切られ、二十三日までと同じ調子に戻っていた。高度を上げてルートを進みながら、悪くなっていた体調が急に戻るとは考えにくい。彼女は順調だった。その証拠に、データを書きとめる文字に乱れも見えない。

いいぞ。その調子だ。やるじゃないか。データを追いながら、いつしか喜多川は、半年前に命を落とした教え子に向かい、声援を送っていた。ここには最後まで仕事に向かい続けたハルミの姿が克明なまでに収められている。

「何が書いてある。俺にもわかるように説明しろ」

「ハルミは足手まといになんかなっちゃいなかったぞ」

「本当か」

「ああ、間違いない。見ろ」

データを手に理由を説明した。素人《しろうと》とは言え、仁科はカメラマンとの仕事が長く、内容は充分に理解できたようだった。落ちくぼんだ目を盛んに瞬《またた》かせて、大きく頷《うなず》き返した。

「ああ、そうだな。どう見たって、もう間違いない。自分にしかわからないデータに、わざわざ嘘《うそ》を書きとめておく理由があるものか」

「ラボに出しても心配はなさそうだが、どうする」

「決まってるだろ。俺たちの手で現像してやるんだ」

仁科は力強く言い放った。喜多川も、今は同じ思いだった。

一本だけ、データの残されていない三十五ミリのネガフィルムが見つかった。

「おい、カメラの中にフィルムは残されていたのか」

「ああ、そのはずだが」

これだ。これが、カメラの中に残されていたフィルムに違いない。この中に、遭難直前の隊の様子が撮《うつ》されているのかもしれない。

手帳を置き、仁科と二人で薬液の準備に入った。適温が保たれる大型タンクの中に、現像、漂白、定着液を満たしていく。

このフィルムのデータは残されていない。それを書きとめる余裕が、ハルミになかったからなのか。手帳にある最後の一本のデータをもとに、ごく標準的な現像をする以外に方法はないだろう。

「やるぞ」

声をかけると、完全暗黒の中でパトローネの蓋《ふた》を開け、フィルムを取り出した。リールに巻きつけ、スプールを切り落として現像タンクにセットする。

確実に蓋をすると、ここでいったん明かりをつける。あとはゴム手袋をはめての作業になる。指や掌から伝わる体温で、タンク内の薬液の温度が変わらないようにするためだ。

タンクに現像液をそそぎ入れ、攪拌《かくはん》と保温をくり返して、八分ジャストで現像液を排出する。すすぎは一分。次に漂白液を入れて再び攪拌と保温を八分。水洗いを経て、さらに定着液で七分。これで現像の終了だった。

「結構面倒なものだな」

「俺も久しぶりだから、緊張してるよ」

こうして作業を続ける間、さらにはポジやネガの選択など、写真集を仕上げるまでに、絶えずハルミを思い返すことになる。そんな状態で、家に帰ってほしくないという喜美子の気持ちは、痛いほどに理解できた。

――仕事が終わるまでは帰って来るな。

それでも喜美子は、喜多川に最後の猶予《ゆうよ》を与えてくれた。死んだ者には勝てない、とのあきらめの気持ちではないだろう。必ず自分のもとへ帰ってくる。帰るしかない。そんな怖《おそ》ろしいまでの自信があるのだ。いや……そう自信を持とうと無理をしながら、夫に背中を向けたのかもしれない。

最後の洗浄を終え、フィルムの現像を終えた。慎重にバットからフィルムを引き上げ、天井から吊《つ》ったクリップに留めた。

息を呑《の》んだ。

「どうした。何が写ってる」

何も――写っていなかった。

現像に失敗したのか。それとも、カメラから取り出す際に、光でも入ったのか。

「おい、この最後の一本は、カメラの中に残っていたものなんだよな」

「そのはずだが」

「フィルムはどんな状態で収まっていた。巻き上げは終わってたのか。それともカメラが発見されてから、中にフィルムが残っていることに気づいて、誰かが巻き上げたのか」

仁科の表情が曇りを増した。

「誰もカメラはいじっちゃいないはずだ。俺が中からフィルムを取り出した」

「巻き上げられていたんだな」

それが事実だったとすると、半年近くにもわたって雪の中に押し込められていた影響だろうか。

水滴をスポンジでぬぐいながら、目を凝らして頭からフィルムを見直していった。

「あ――」

声が出ていた。現像ミスや雪による影響などではなかった。

写っていたのだ。コマ番号の若い部分に、小さな点のようなものが見えている。画面のほとんどが白い被写体でおおわれていたためにほぼ全面が暗くなり、何も写っていないと見えてしまったのだ。

まさか――。

喜多川はピントルーペを手にした。焼きつけの際にピントをチェックするためのものだったが、拡大鏡には変わりない。最初のコマから、ネガの細部を見ていった。

「おい、何が写ってる」

仁科が訊《き》いてきたが、それに構わず、引き伸ばし機に向かった。

「おい、喜多川……」

「いいから少し黙ってろ。プリントしたらすぐに説明する」

プリント用のバットを新たに四つ並べた。それぞれの薬液槽に発色現像液、漂白定着液を満たした。温度調節器でそれぞれ指定温度にセットする。

補正フィルターは使用せず、そのまま最初の四コマを四つ切りの印画紙に露光させた。

順に発色現像液のバットへ投げ込む。時間を計り、漂白用バットに四枚の印画紙を移した。はやる気を抑えて時間を計り、入念な水洗いをしてから、暗室の明かりをつけた。

「なんだ、何も写ってないじゃないか」

後ろからのぞき込もうとした仁科の目にそう見えてしまうのも無理はなかった。だが、そこには、ハルミが最後に見た光景が写し出されていた。

「もっとよく見ろ」

「こいつは……」

そう言ったきり、仁科は言葉を失った。

バットに浮かぶ印画紙の上に、迫り来る雪崩《なだれ》が切り取られていた。最初の一枚には、厚い雲に覆《おお》われた白い山の姿が見えている。それが層をなした雪に呑まれようとしていた。雪の間から突き出しているのは、隊員の腕と足だった。背負ったザックの一部も見えた。

二枚目になると、そのザックが大きく手前に近づいていた。ほとんど連写に近い。それなのに、もう画面のほとんどは白い雪に埋もれていた。三枚目になると、ザックも隊員の手も足も写ってはいない。雪の飛沫《ひまつ》がレンズを覆い、その隙間《すきま》から雲らしい灰色の空がわずかに見えている。

最後の一枚は、一面が雪に覆われて光が届かず、黒く塗りつぶされていた。それだけだった。

声が出なかった。印画紙から目が離せなかった。ハルミの最後に見た光景が、眼前に迫って見えた。その眺めが、どうしたことか、にじんで見えている。

「おまえ、泣いてるのか……」

仁科が顔をのぞき込んできた。

「……フィルムは、カメラの中で巻き取られていたんだよな」

「それが、どうかしたか」

「その意味が、おまえにはわからないのか」

こらえきれずに声が震えた。それを恥ずかしいと思う精神的な余裕すらなくしていた。

「あいつは……最後のフィルムを守ろうとして、雪の中でシャッターの空押しを続けたんだ。もう助からない、そう思いながら、せめて最後に撮った写真だけは残そうとして……」

データに残された記号から、ハルミが山へ持参したカメラの種類は知れた。そのすべてが、自動巻き上げタイプの機種だった。

雪に押し流されながらも、ハルミはカメラを手放しはしなかった。彼女はどうしようもなくカメラマンだった。雪崩に呑まれ、雪に閉じこめられた中、命を奪われると知り、せめて最後のフィルムだけは守ろうとしたのだ。

厚く重い雪に押しつぶされながら、手にしたカメラのシャッターを押し続けた。そうやって、最後までシャッターを押し通せば、フィルムは自動的に巻き戻される。パトローネの中にフィルムを収容できれば、自分の遺体がカメラとともに発見された時、最後にシャッターを切った光景も残る。

迫り来る雪崩を前に、ハルミは逃げなかった。最後までシャッターを切り、雪に押しつぶされてなお、自分のフィルムを守ろうとした。男も女もなかった。最後の最後まで、彼女はカメラマンであり続けようとしたのだ。己の命と誇りをかけて——。

——先生、見てもらえますか？

いつかのハルミの声が耳元で鮮やかに甦《よみがえ》った。

——長いこと、ありがとうございました。

印画紙の上から、別れの言葉が立ちのぼってきた。ハルミの肌のぬくもりさえ感じられた。涙があふれ、彼女が最後に見た光景がかすんでいく。

仁科も隣で泣いているようだった。

三十八本のフィルムの現像をすませて暗室を出ると、廊下の窓の外が明るくなりかけていた。喜多川はポケットを探り、煙草《たばこ》のパッケージを取り出し、仁科に勧めた。

「おまえ、どうしてあいつと別れた。子供ができたからか」

気になってならなかったことを訊いた。仁科は小さく首を振ると、苦そうに口元をゆがめて煙草を手にした。

「責めるようなことを言うな。おまえだって、一緒になる気はなかったはずだ」

「一緒になりたいと迫られたのか」

「あいつがそんなこと言う女か」

そうだった。ハルミは一度も、そんな素振りは見せなかった。

「うちのに気づかれてな」

火をつけようとした手を止め、仁科を見返した。

「俺が馬鹿《ばか》だったんだ。あいつの撮った写真をうちに持ち帰ってな。仕事のつもりだったが、うちのやつにはそう見えなかったんだろう。会社に電話を入れて、あいつの連絡先を聞き出したっていう。おそらく、うちのが何か言ったんだと思う。そうでなきゃ、突然、俺の前から逃げるように姿を消して、代理店まですっぱりと切った意味がわからない」

喜多川の脳裏に、ひとつの場面が浮かんだ。ハルミと暗室で過ごしたあと、四階の自室に着替えの入ったバッグが置かれていた光景だった。

あの時、喜美子がスタジオに来たのは間違いない。暗室の気配に気づき、まだ仕事中かと思って顔も見せずに帰ったと考えるのは、あまりにも人がよすぎる見方だったろう。

「どうした？」

　黙り込んだ喜多川の顔つきに気づいたのか、仁科が眉《まゆ》を寄せながら訊いてきた。

　ハルミが喜多川の前から去って行ったのは、あのバッグが置かれていた日から、一ヶ月ほどたったころのことだった。喜美子に気づかれたのかもしれない。そう思い、ハルミから別れを切り出されて、失望の反面、どこか肩の荷が下りたようにも感じたのを喜多川は覚えている。どうせ自分はうまいように、ハルミに利用されたにすぎない。別れ時じゃないか。そう思おうとした。

　しかし、仁科までが、女房に知られた直後に別れていた、となると……。

　利用されていたと思いながら、彼女をいいように使っていたのは、喜多川や仁科たちのほうではなかったのか。そうでなければ、妻に知られたとなったとたん、まるで身を引くようにハルミが離れていった理由がわからない。そんな彼女の真意に気づけなかった男たちに反発し、ハルミは男のカメラマンでも迂闊《うかつ》には近づけない被写体へと挑んでいったのではなかったか。

「なに黙っている」

「いや、なんでもない。いい写真集にしたい、そう思っただけだ」

　喜多川は言った。ハルミはいつでも本気だった。喜多川にも、そして仁科にも。写真の腕や広告の仕事を取るために、ただ近づいて来たのではない。それが彼女の生き方だった。俺たちはきっと、心から愛されていたのだ。

その事実を仁科にまで教えてやるのは癪《しゃく》だった。だから、胸の中にしまい込んだ。

仁科は首を大きく回して伸びをした。

「あとは任せたぞ。俺はこのまま社に直行だ。おまえはどうする。家には帰らないのか」

「仕事がたまってるんだ。しばらくスタジオに泊まりだよ」

「うまくいってないんじゃないだろうな」

「そうでもないさ。いつものことだ」

喜美子とのことは言えなかった。仁科が知れば、自分が頼んだ仕事で夫婦仲が壊れたのでは困ると言い出すに決まっていた。だが、それは喜多川と喜美子の問題だった。

仁科を見送ると、フィルムを持って四階に上がった。煙草に火をつけ、それが短くなるまで見つめた。考える時間はまだ充分にある。たとえ喜美子が、仁科の女房と同じように、何をハルミに告げていたとしても、それはどう見ても喜多川自身のせいだった。

三十八本のフィルムを、順にルーペで眺めていった。三本目のポジに、青空をバックにして隊員六名が並んでいる写真があった。三脚を使用し、セルフタイマーで撮ったものだろう。ハルミは後列の真ん中で、男たちと肩を組んで笑っていた。カメラマンであるハルミが写っているのは、その一枚だけだった。

この一本を吸い終えたら、すぐにこの一枚を引き伸ばして、ハルミの両親のもとへ送ろう。そして、できる限りの仕事をして写真集を仕上げ、我が家へ帰ろう。

煙草の灰を落とすと、喜多川は再び暗室へ向かうために立ち上がった。

第3章
ストロボ

37歳

いつのまにか小雨が通りすぎたらしく、濡《ぬ》れた路面が街の明かりをにじませていた。辺りに人の気配はしなかった。夜霧に濡れた車のドアを開け、素早く運転席に収まろうとした。その瞬間だった。

白く短い閃光《せんこう》が体を包んだ。

稲光ではあり得なかった。車のヘッドライトでもない。光は右横の低い位置から一気に放たれ、瞬《また》くまに消え去った。

ストロボ光だ。そう悟って、喜多川は視線を振った。

閃光がまだ目の奥に残り、路地の闇《やみ》が深くなっていた。わずかにかすみがかった街灯の並ぶ先には、違法駐車の列が途切れずに表通りまで続いている。車の陰から飛び出す者はなく、さらなるライトも浴びせられない。

時刻は午前二時になろうとしていた。やはり車のヘッドライトか何かだったのか。時と場所から、いたずらに警戒心が芽生え、ストロボと錯覚したのだろうか。言い聞かせてみたが、普段からスタジオで見慣れた光を、プロである自分が見間違えるはずはなかった。今のはやはり、ストロボ光に思えてならない。

「誰かいるのか」

路地の先に向かって呼びかけた。遠く表通りのざわめきが耳に届いた。呼ばれて素直に応じるくらいなら、最初から身を隠したりはしなかった。

喜多川は車から離れ、慎重に路地を引き返してみた。違法駐車の列の陰に人がひそんでいる様子はなかった。それでも信じられずに、暗い路上で辺りを見回した。

警戒はしていたつもりだった。今年に入り、また新たな写真週刊誌が創刊された。元首相の法廷内での姿をとらえたスクープ写真を強行掲載し、一気に部数を増やした先行誌を一人勝ちにさせてたまるかと、投網《とあみ》をかけるように同業者が集められていると聞く。世界初の自動焦点機能つき一眼レフが発売されたのと合わせるようなタイミングで、お手軽なカメラマンまでが大量生産されていく気がしてならない。

——写真、撮られたらどうしようか？

——いつも撮ってる側が撮られたんじゃ、下手な冗談にもならないね。

今日も真奈美《まなみ》はいくらか真顔で、その話題を出した。口では嘆くように言いながら、そんな心配事に頭を悩ます身分になれたことを楽しむ口調に聞こえた。忙しくてあまり時間の取れない言い訳も、その裏には含まれていそうだった。

――マネージャーがうるさくて、ごめんなさい。ここまで来られたのも、先生のおかげなのにね。

そんな甘いささやきを鵜《う》呑《の》みにするほど、喜多川も純粋な気持ちで真奈美に近づいたわけではなかった。おそらく彼女のほうは、このまま自然な形で距離が遠のくのを望んでいる。仕事を口実に言葉をにごされることが、ここ一ヶ月で急に増えた。

再び車へ歩きながら考えた。写真週刊誌のカメラマンが、男一人をわざわざ撮る必要はない。四時間ほど前、ここに車を停めた時は真奈美も一緒だった。にもかかわらず、あの時はストロボらしき光を浴びせられた記憶はなかった。

キーをひねり、エンジンを始動させた。今から自宅に戻る気は起こらず、神宮前の事務所へ向かった。対向車のヘッドライトが、陰影をあぶり出すストロボのように、次々と喜多川を照らしては通りすぎた。

売り出し中のモデルとはいえ、真奈美はまだ写真週刊誌の標的になるような存在ではない。喜多川も業界内でそれなりの地位にいるとの自信はあったが、では世間にどこまで名前が浸透しているかとなると、残念ながら疑問は残る。そんな二人の写真を撮ったところで、どれほどの価値が生まれるだろうか。だからあれは、ストロボではあり得なかった。

理屈と強弁を使い分けて不安を鎮《しず》めようとしたが、胸に焼き付けられた影はぬぐえなかった。

1

定刻の四時にスタジオ入りした。今日のために特注した金羅紗《きんらしゃ》のデコラ板が、まだスタジオの隅で人の流れをさえぎる邪魔な屏風《びょうぶ》となって置かれ、その横ではジェネレーターから伸びた電源コードがとぐろを巻いて山を作っていた。

「おい。こんな簡単なセッティングに、いつまで時間をかけてる」

チーフの高原を呼びつけ、ほかのアシスタントにも届く声で怒鳴りつけた。撮影プランはすべてコンテに起こしてあった。スタジオ中二階のメーク室には、五人のモデルがすでにスタンバイしていた。

「スタッフを待たせるなよ。人手が足りないなら、スタジオマンをかき集めて来い！」

　いつも怒鳴られ役を務める高原は、もう心得たものだった。「すみません。あと十分ください！」とスタジオ中に響く声を放ち、後輩のアシスタントへ気合いを入れる。目に見えない波となって、緊張感が現場に張りつめていく。

　無茶を承知で怒鳴りつけていた。仕事は立て込み、午前中にスタジオ撮りを一件、午後も馬事公苑《ばじこうえん》での野外撮影をすませて到着したばかりだった。アシスタントたちは、ろくに昼食をとる時間もなかった。だが、いたずらに撮影が深夜まで延びれば、モデルの表情にキレがなくなる。翌日の仕事にも差し支えが出る。明日も早朝から三件のスタジオ撮りの予定が入っていた。

　喜多川はコンテのコピーを手に、スタジオを出た。

　視線に気づき、ドアの前で足を止めた。顔を上げると、槙野《まきの》賢一が廊下の先に立ち、喜多川から目をそらそうとするところだった。大型のストロボヘッドを両脇《りょうわき》に抱えたまま、槙野は目を伏せ、軽く一礼した。喜多川を遠回りしてさけるように、無言でドアの横をすり抜けた。

　──先生は、このまま広告の仕事を本業にするつもりなんでしょうか？

　まるで対決を挑むように、槙野から言われたのは、いつだったろうか。事務所のスタッフを連れ、飲みに出た時だった。江夏豊の大リーグ挑戦が話題になっていたと思うので、もう三ヶ月も前になるか。

槙野は明らかに酔っていた。だから相手にせず、聞き流した。それからというもの、槙野は喜多川とまともに目を合わせようとしなくなった。

彼は何も自分の失態を恥じたのではない。時に気づいて振り返ると、あの酒の席と同じく醒《さ》めた目が待ち受けていた。ぶつけたくてならなかった問いを、酔った振りをして勇気を奮い、口にしていたのだと、あとになって喜多川は悟った。

——先生のファンなんです。

そう言って槙野は、喜多川の作った最初の二冊の写真集を携え、事務所を訪ねて来た。

その二冊は、喜多川にとって、記念碑とも言える貴重な写真集だった。工事現場、病院、繁華街で働く若者。公園、路上、施設で暮らす老人。東京という街の様々な場所で生きる人々の一瞬を切り取った写真を思うままにまとめ、一冊にした。売れ行きは惨憺《さんたん》たるものだったが、業界では話題を呼んだ。いくつものカメラ雑誌に好意的な評が載り、二冊目が刊行された。

二冊の写真集は、喜多川光司の名前を世に出してくれた。あれから十年。今は仕事を選べる立場になった。採算とは無縁の誠意ある支援のおかげで地位を手にしながら、今は報酬を優先した仕事を当然のような顔で引き受けている。そのことに、若い槙野は失望を感じていたのだろうが、稼げる時に稼いでおかなければ、好きな仕事へ向き合う時間や余力は生まれなかった。

廊下へと歩きながら、あらためてスタジオを振り返った。槙野が猫のように背中を丸めて床にはいつくばり、ライトのセッティングを続けている。かつての喜多川もそうだった。時にカメラマンへの反発を覚え、密《ひそ》かな闘志を育てて写真に向かった。それでいい。多少の不満分子をかかえていたほうが、現場での志気は高まる。小手先の技で仕事を流したくなる自分への戒めにもなる。

ポケットの煙草《たばこ》を探り、喫煙所へ歩いた。ロビーでは、仁科圭二が公衆電話に向かって何事かぼやいていた。喜多川の顔を見るなり慌《あわ》ただしく受話器を置いた。気づかない振りをして、スタジオのドアが並ぶ廊下を歩いた。

「待ってよ、キタさん。俺の顔見て逃げることないじゃない」

何を言われるのかは予想がついた。仁科を介し、ある製薬会社の広告写真を発注されていた。昨日そのコンテを提出したばかりだった。

「いいかな、キタさん？　向こうはあくまで世間に好印象をアピールしたいと考えてるんだ。俺個人としては、キタさんのああいう狙《ねら》いは非常に好きだよ。だから、一緒に仕事をしたいと思って、いつもキタさんを指名させてもらってるわけだ」

「俺はいい仕事をしたいだけだよ」

「なるほどね。今はやりのヤリガイってわけか。わかるよ、キタさんの狙いは。確かにあのコンテのアピール力は強い。強すぎるぐらいだよ。けど、クライアントの期待してる写真とは正反対じゃないかな」

全国紙と週刊誌の見開きを使った、大々的なイメージ広告だった。その依頼に対し喜多川は、エイズの母子感染をテーマにした写真のコンテを提出した。

日本でも、今年になってエイズの感染例が報告され始めていた。アフリカの一部やタイなどでは、母子感染による被害が深刻化しているという話もある。エイズの治療薬は世界共通の願いであり、イメージ広告としてもそう狙いは外れていない、と喜多川には確信があった。

「クライアントさえ納得すれば、タイだろうがアフリカだろうが、どこへだって行ける予算を俺が組んでみせる。でも、あのコンテでクライアントが首を縦に振ると思うか？」

断られるのは百も承知でコンテを提出していた。製薬会社が求めているのは、医療現場で医師や看護婦や患者が笑顔を浮かべている、絵に描いたように安直な発想の写真だった。たとえ広告でも、もっと太く骨の通った仕事をしたい。

「二、三年前なら、仁科だって乗ってきたはずだろ。変わったな、おまえ」

仁科は心外だとばかりに首を振った。

「俺は変わっちゃいないよ。世間が変わってきたんだ。広告屋はいつだって、世の中に合わせた最も効果的な方法を選ぶんだからな」

いい加減、大人になったらどうだ。そう仁科は言葉を換えて言っていた。お互い三十七にもなるのだから、もう少し頭を柔らかくして商売に徹しようじゃないか、と。なに、クライアントが乗ってこないのなら、自分で資金を作り、どこかの出版社に企画を売るまでだった。

まだ何か言いたそうに見つめる仁科に背を向け、黙って廊下を引き返した。後ろに足音は続かなかった。隣の第六スタジオでは、何の撮影が行われているのか。ドアの奥は静まり返り、出入りする者もほとんどいない。使用中のプレートがかかっているので、辛うじて撮影中なのだとわかる。

両開きのドアが開いた。スタジオマンらしき若い男がタングステンの電球を手に走り出て来た。すぐに替えを持って戻る気なのか、ドアを開け放したまま事務室のほうへ小走りに消えた。

ストロボの白い閃光《せんこう》が、ドアの向こうで続けて散った。スタジオの静けさからして、商品の物撮《ぶつど》りだろうか。

「トレペ越しの右グリッドをコンマ3絞って。サイドの黒レフは右へ三十度。スカイパンは逆に左へ十五度くらい。……そうそう、そこでストップ、OKだ」

第六スタジオの奥から、老人のようなしわがれ声が聞こえた。二度ストロボが光った。また指示の声が、決められた台本を読み上げるかのように淡々と続いた。どんなカメラマンが仕事をしているのか。興味を覚え、ドアの横からのぞいた。

広々としたスタジオの中央に、小さな丸テーブルがぽつんと置かれ、その周囲をライトとレフレクターが、建築現場を囲う足場のように取り巻いていた。物撮りの商品は、化粧品か何かのようだ。色鮮やかな小瓶がいくつも、背景用の布や小道具の花とともに控えの台に並んで見えた。スタッフは総勢三人。カメラマン一人にアシスタントが一人。もう一人の背広は代理店の担当者だろう。

二十畳はあろうかという広いスタジオ内で、たった二人が肩を寄せ、小さな小瓶を相手に汗を流していた。立ち会う関係者は一人きり。しかも撮影を横目にパイプ椅子《いす》に腰を下ろして雑誌のページを開き、あくびを嚙《か》み殺していた。

テーブルを回り込んだアシスタントが、喜多川に気づいて動きを止めた。ジナーのファインダーをのぞいていたカメラマンが、何事かと顔を上げた。

体が動かなかった。ドアの奥へ身を引くべきなのは理解していた。撮影の邪魔になるからではない。一時期、喜多川は、その相手と顔を合わせるのをさけていたからだった。

「よお……。喜多川じゃないか」

黒部勝人《かつひと》が小さな目を忙《せわ》しなく動かし、軽くあごの先を振るようにして近づいて来た。小綺麗《こぎれい》な身なりながら、どこか崩れたような印象は昔とさほど変わらなかった。髪にだいぶ白いものが増えたろうか。

「そうか。おまえも今日はここで撮影だったか。それにしても、久しぶりだな……」

業界内のパーティで声をかけられて以来だから、何年ぶりになるだろう。五年ではきかなかった。あの時も喜多川は、黒部の姿を見かけ、自分からは近寄らないようにした。ところが偶然、帰り際《ぎわ》にホテルのロビーでばったりと顔を合わせた。

よお、どうしている。おかげ様で何とか。気まずい思いに目をつぶり、当たり障《さわ》りのない会話を交わして別れた。後味の悪さがいつまでも、指先に染《し》みついた現像液の臭《にお》いのようになかなか離れなかった。

業界ではすでに過去の人として語られていた。だから喜多川がことさらさける必要はなくなっていた。そうか、まだ仕事をしていたのか。そんな当たり前のことが意外に思えるほど、最近は噂《うわさ》を聞かなかった。

「ほら。あの有名な喜多川光司先生だよ。名前ぐらいは知ってるだろ？」

黒部は照れ隠しのような笑いを見せると、アシスタントと代理店の男に向かった。言葉の裏に、多少の卑下を感じた。

「あまり知られた話じゃないけど、若いころに彼、俺のアシスタントをしてくれていたんだ。なあ、喜多川」

「ええ……その節はたいへんお世話になりました」

「おいおい、よせって。堅苦しいこと、急に言い出すなよ。俺の下には一年もいなかったんだから、そうたいした世話なんかしちゃいないさ」

警戒していた押しつけがましさは、感じられなかった。気さくな笑顔さえ浮かべて黒部は言った。人の心はいつだって、取り繕った表情の下に隠されている。それをカメラの力ではぎ取ってやるのが、プロとしての手腕じゃないか。いつも見た目には整った写真を撮ってばかりいた若い喜多川に、そんなアドバイスをくれたのは、ほかの誰でもない、目の前にいる黒部勝人だった。

2

二十三歳の時だったので、今から十四年も前になる。大学の写真学科で知識ばかり詰め込み、頭でっかちのひよこにすぎなかった北川浩二にとって、黒部勝人はそれこそ雲の上に立つ存在の一人だった。

正直に言えば、生意気盛りも手伝い、さほど憧《あこが》れていたカメラマンとは言えなかったが、その名前は写真を学ぶ学生はもちろん、広く世間へも知られていた。男性週刊誌のグラビア写真は言うに及ばず、歯に衣《きぬ》着せぬ発言からタレントとしてもテレビや雑誌に顔を出していたからだった。

ロックアウトが続き、ろくに授業も開かれなかった学生生活に見切りをつけ、北川は撮影スタジオでアルバイトを始めた。ろくに業界への接点を持たない学生にとってスタジオマンは、幾人ものプロのテクニックを実際の現場で目にできる貴重な仕事だった。

今もその傾向は強いが、カメラマンの修業時代には歴然とした序列がある。まず最も下にスタジオマンがいて、次にカメラマンづきのアシスタントがいる。その中にも新人からベテランまでの序列があり、やがて簡単な仕事を任されるようになって経験を積み、フリーとして巣立っていく。喜多川も、そういった月並みな経歴を歩いて来たうちの一人だった。

スタジオマンとなり、ライトやレフ板を抱えて走り回る日々を一年ほど過ごしたころ、そのスタジオをよく利用していた代理店のあるディレクターから、黒部勝人が即戦力になるアシスタントを捜している、と聞かされた。

それまでにも、何度かアシスタントの口を世話しようか、という話はあった。スタジオマンは多くの現場に立ち会えるが、写真の仕上がりを確認できる機会は、悲しいかな限られていた。デザイナーや代理店との打ち合わせに同席もできず、プロカメラマンの仕事のごく一部をのぞく、脇役《わきやく》としての存在でしかなかった。

とはいえ、腕のないカメラマンの下に焦《あせ》ってついたのでは、仕事の流れは覚えられても、独り立ちできるチャンスの輪を自ら絞るようなものだった。晴れてフリーになった時には、師と仰いだカメラマンの威光が後々影響してくるケースも大いにあり、北川は予想される労苦と将来への期待を打算という秤《はかり》にかけては、それまでのアシスタントの口をすべて見送ってきた。

しかし、黒部勝人ほどに名のあるカメラマンの下につける話は初めてだった。

「男性誌のグラビアばかりで見る名前だと思ったら大間違いだぞ。ステージ撮影やファッションまで、女を撮らせたら天下一品だ。その秘密をのぞいてみるのも勉強になるんじゃないかな」

そのディレクターは、頭でっかちで理想にばかり燃える若者に、新たな視点からの光を与えようとしたのかもしれない。黒部の仕事よりも、彼の名前と影響力に強い魅力を感じた。北川はスタジオを辞めると、翌日から早速、黒部のもとに通い始めた。

「さっき隣で怒鳴っていたろ。こっちにまで聞こえてきたぞ、なあ」

黒部は小さな目を細めると、アシスタントと立ち会いの男に話を振った。だが、どちらからも返事はなかった。立ち会いの若い男などは、わざとらしく腕時計を気にして見せた。その態度で、今の黒部の立たされている位置が知れた。

黒部は男の態度を気にもとめず、喜多川の前へ歩み寄った。いくらか痩《や》せただろうか。もともと彫りの深い顔立ちが、さらに刺々《とげとげ》しくなったように見えた。知り合った当時は四十歳になったころだったと思うので、今はもう五十代の半ばにさしかかっているはずだったが、丸まりかけた背とまばらになった髪が、さらなる老いを感じさせた。

「今日は何の撮影？　東広社の人が来てたようだけど」

「あるファクトリーのリーフレットです。来年の春物を、そろそろ仕掛けたいらしくて」

「ふうん、そう」

小さな目が気後れを映して瞬《またた》き、頼りなさそうに呟《つぶや》いた。ファクトリーが何を指すのかわからなかったのだろうか。そこまで第一線から外れていたとは予想もしていなかった。

「先生のほうは物撮《ぶつど》りですか」

見れば歴然のことを訊《き》くと、黒部は痩せた肩を揺すって笑った。

「嬉《うれ》しいな。まだ先生なんて呼んでくれるのか」

むき出しになった前歯が、ヤニで黄色く染まっている。Gパンにベストという軽装は昔と同じだったが、靴やシャツや腕時計に、昔の派手な仕事ぶりを伝えるものは見られなかった。

「――黒部さん」

若い男がパイプ椅子《いす》から立ち上がっていた。早く撮影を再開してくれ、と言いたげな視線を送ってきた。

「もう少しで終わるから、心配するなって」

黒部は卑屈そうに眉《まゆ》をひそめて言った。ガラスに大きく傷の浮いたロレックスに視線を落とし、それから喜多川に目を戻すと、ばつの悪さをごまかすような苦笑を作ってみせた。

「悪いな。ちょっと時間が押してるんだ」

「いえ、私がお邪魔したばっかりに……」

「そうだ。今度、よかったらうちのほうにも遊びに来てくれよ。女房も懐《なつ》かしがると思うから」

喜多川は黒部の笑顔を見返した。どこまで本気で言っているのか。と同時に、まだあの奥さんと一緒に暮らしていたのか、という素朴な驚きもあった。

北川浩二が新米アシスタントとしてつき始めたころの黒部は、断っても次から次へと仕事の依頼が、それこそ驟雨《しゅうう》のように押し寄せていた。腕が確かで仕事が速く、編集者やデザイナーたちとの人づき合いも気さくにこなし、ギャラへの注文も一切しなかったのだから無理はなかった。しかも、女性を撮らせたら抜群、という世評も定着していた。

黒部の下についてすぐ、北川はその秘密の一端を見た。黒部は聞き上手なのだ。べテランのカメラマンになると、うわべは優しげな声を作って接しながらも、モデルは被写体となる商品のひとつと見なし、冷徹な目を作る者が少なからずいた。しかし黒部は、どれほど時間にルーズでだらしなく、眠そうな表情しか作らない素人《しろうと》同然のモデルに対しても、時間を惜しまず声をかけては話を聞いた。今朝は何時に起きたの？ 昨日は何してたの？ 爪の手入れってどうしてる？ 恋人いる？

「根が好きなんだよ、俺は。要するに、ただの女好きなわけ」

黒部は編集者たちに笑いながら言っていた。誇張なく、その言葉は真実だったのかもしれない。そんな黒部の性癖は、業界関係者との夜の席でも発揮され、幾人もの女性たちと遊び歩く毎日だった。撮影をすっぽかしそうになったのは一度や二度でなく、そういう時はお気に入りの女性のところを捜せば必ず見つかり、新人だった北川は、先輩アシスタントから女の住所を教えられて何度も呼びに走ったりした。

「あれ……もうそんな時間か。じゃあ、ちょっと仕事をやっつけてくるか」

言葉どおりに手早く仕事を終わらせると、また女のところへいそいそと向かう。そのくり返しだった。

夫人の待つ自宅へ帰るのは、週に一度あればいいほうだったろうか。そんな時には、たいてい北川たちアシスタントを連れて戻り、いかに忙しかったかを必ず話題に出してはアリバイ作りに精を出した。

弘恵《ひろえ》夫人は、黒部と十以上も歳《とし》が離れていた。業界のことを何も知らず、いつも笑顔で北川たちをもてなしてくれた。食べ盛りの若者たちが束になっても食べきれない量の手料理がテーブルを飾り、アシスタントの中には、それを楽しみにしている者もいた。黒部の口から技術的なアドバイスを得られる機会も多く、北川たちにとって貴重な勉強の場になっていたのは事実だった。しかし、その狙《ねら》いが自分たちへのねぎらいにあるわけではなく、夫人の手料理を口にするたび、黒部の背信に自分までもが荷担している気にさせられた。

三ヶ月で、北川は後悔していた。黒部の仕事は、モチーフと現場が限られていた。テクニックの使い回しでどうにか体裁の整えられる仕事が多く、撮影の手順さえ見れば写真の仕上がりは想像できた。それでも一年近く我慢していたのは、次の勤め口が見つからなかったからだった。

「なあ、そうしてくれよ。あいつも喜ぶと思うんだ。おまえは女房のお気に入りの一人だったからな」

笑顔を見せながらも、思いのほかに強い調子で言われた。だからつい、心にもない社交辞令を返していた。ええ、そうさせていただきます。

「よし、約束したぞ。本当に来てくれよな」

名刺を手渡すでもなく念押ししたところを見ると、まだ恵比寿《えびす》のマンションからは越していないのだろうか。当時から、充分な広さはあったが、時代感の漂う造りだったと思うので、十四年を経た今では、かなりの古めかしさが目立つのではないか。そんなところにも、今の黒部の仕事ぶりを重ね合わせて見ていた。

黒部がジナーの前へ戻った。立ち会いの若い男もパイプ椅子に腰を落ち着けた。喜多川は軽く一礼し、仕事の邪魔を詫《わ》びた。

黒部のシャッター音を背中で聞きながら、廊下へ歩いた。スタジオマンが戻って来た。隣のドアが開き、チーフの高原が顔を出した。

「セッティング終わりました。お願いします」

メークとモデルもすでに上から降りており、仁科もコンテを手にスタイリストと談笑している。

用意されたカメラに歩きながら、なぜかふと、自分を見つめる槙野の視線が思い出された。彼はホリゾントの前でレフ板を手に立っていた。その目は露出をチェックする先輩アシスタントの手にそそがれ、だから今は無関心と紙一重の醒《さ》めた目は喜多川に向けられてはいなかった。

十四年前——。

同じような視線を、黒部に向けた若者がいた。慣れた手つきで仕事を右から左へ流し、酒と女にだらしなく、アシスタントを怒鳴っては憂《う》さ晴らしをしている。写真の出来そのものは、なるほど悪くなかった。しかし、とても毎日つきあえる男ではない。そう十四年前の若者は腹に不満の小石をため込み、黒部の背中に破片をぶつけながら睨《にら》みつけていた。一刻も早くこんな男の下から逃れたい。何ひとつ学ぶところなどありはしない。

色とりどりの衣装を身にまとったモデルがカメラの前に立った。露出確認のために、セットされたストロボが閃光《せんこう》を放つ。

十四年前の一アシスタントが作った視線と、若い槙野の自分に寄せる視線が、二重写しのように重なった。

3

十一時をすぎて、ようやくコンテ通りの撮影を終えた。隣の第六スタジオはすでに空になっていた。ロビーへ出ても、黒部は待ち受けていなかった。そのことに内心、安堵《あんど》していた。

　スタッフと別れ、クライアントが回してくれた車に乗って仁科とともに銀座へ出た。そこで、次の仕事の打ち合わせと称した酒の席が待っていた。用意された黒塗りの車で移動し、業界人の接待で贅沢《ぜいたく》な酒にひたれる。喜多川光司も偉くなったものだ。おまけに愛人まで……。まるで十四年前の誰かさんと同じだ。

「奥さん、どうなんだ？」

「うん、まあ、悪くないみたいだ」

　結婚から六年がすぎていた。喜美子は中学の教師をしていたこともあり、子供が嫌いではないのだろうと思ってはいた。しかし、子供ができないことをそれほど悩んでいたとは知らなかった。

　喜美子は何も言わない。けれど、健康保険証の診療記録の欄に、見慣れない病院名の記載を見つけた。どこか調子が悪く、医者へ通っているとは聞いていなかった。不思議に思い、電話帳をめくった。内科と婦人科を持つ個人病院だった。人づてに、不妊治療で名高い医院だと知った。

　喜美子は何も言わない。けれども、その診療記録を見つけた直後から、彼女はふさぎ込むようになった。目に見えて気力が霧散し、食が細くなった。

二人きりの暮らしの何がいけない。そう思いはしたが、言えなかった。その息苦しさが真奈美との仲を近づけるきっかけになった、というのは言い訳にすぎないだろう。

「ちゃんと帰ってやってるんだろうな」

仁科に痛いところを突かれ、喜多川は話題を変えた。

「なあ、例の表紙の写真なんだけど……」

「あれ？　キタさん、やってくれるわけ」

「そうじゃないんだ。ちょっと心当たりがあってね」

ある男性月刊誌が大々的なリニューアルを計画中で、表紙を撮るカメラマンを捜しているという。その相談を仁科から受けていた。

雑誌の顔となる表紙撮りは、カメラマンにとってもステータスの意味を持つ仕事になる。が、もちろんそれは、雑誌に力があってのことだ。今回の話も、女性タレントを使ったよくあるコンセプトの表紙にすぎず、フォーマット通りにシャッターを切れば、それで終わる種類のものだった。三ヶ月分を一度に撮れば、時間の節約にもなり、悪い仕事ではないと言えた。しかし、興味は覚えなかった。まだしも広告写真のほうが創意とチャレンジを要求され、ギャラも悪くなかった。雑誌に力がない分、ただのルーティンワークの仕事になってしまう。

「黒部勝人って知ってるだろ？」

黒部、黒部、と仁科は記憶をたぐる呪文《じゅもん》のように名前を連呼してから、やがて大きく頷《うなず》いた。

「ああ……そういや、いたね。最近ちょっと見かけないけど」

「腕は確かだと思うんだ」

「へえ……。キタさんが同業者をほめるなんて珍しい」

言われて、気づいた。そうかもしれない。どんなベテランが相手だろうと、最近は辛辣《しんらつ》な批評が多くなっていた。誰にも負けないという自信は、過信の芽にほかならなかった。

「今日、隣のスタジオで偶然仕事をしていてね。まだあの人、老《ふ》け込むような歳《とし》じゃないと思うんだ」

「本当にそう思ってるわけ？」

仁科は顔を傾けると、疑わしげな声を作って言った。

「昔世話になった人に恩返しをしようなんて気持ちだったら、やめたほうがいい。相手に恥をかかせるだけだぞ」

「いや……大丈夫だと思う。腕は確かなはずだ」

「そうまで言うなら、進言しとくよ。喜多川先生のご推薦だと言ってね」

男性誌のグラビアから黒部勝人の名前が消えて何年になるか。黒部のもとを離れてからも、しばらくは彼の活躍を羨《うらや》むように見ていた記憶があった。それがいつしか、ぱったりと名前を見なくなった。

歳とともに感性が鈍るケースはある。才気にあふれた新人も出てくる。とはいえ、一線で鍛えられたベテランの腕が急に錆《さ》びるはずはなく、各社の編集がそろって声をかけなくなるとは不思議だった。もしや過去の行状が響いたのだろうか。身勝手な仕事への取り組みが災いし、予期せぬしっぺ返しを受けたとも想像はできる。人から注目を浴びれば、どうしてもその分やっかみや批判も集まる。

昔の派手な活躍を知るだけに、今日の黒部の仕事ぶりには、いたたまれないものがあった。それを同情というのだろうか。いや……。せめてもの罪滅ぼしという気持ちのほうが強かったかもしれない。その日はいくら酒を飲んで流そうとしても、目に焼き付いた黒部の瘦《や》せた背中が消えなかった。

三日後に、仁科からの電話が事務所に入った。

「例の話。編集者がいい顔をしなくてね。ちょっと無理かもしれない」

「何か問題でも起こしていたんだろうか」

「そうは言ってなかったな。でも、ほら……もう昔の人だってイメージがあるじゃないか。それなりに手堅い仕事はするんだろうけど、もうベテランだからな。編集者としては、もっと若い人に新鮮な視点から縦横無尽に暴れてもらいたいって気持ちがあるみたいだ」

物は言いようだった。雑誌の顔となる表紙に、そうそう冒険的な写真は撮れない。しかもタレントをモデルに起用するのでは、所属事務所の厳しいチェックが入る。誰が撮ったところで、そう代わり映えのしない写真になる。

「それに……噂《うわさ》では、あの人、もう女は撮らないって自分で公言してたらしいしな」

最大の売り物を、自ら手放すものだろうか。強がりで口にした言葉が、いつのまにか一人歩きを始め、それがさらに黒部を縛る結果になったのだろうか。

「すまないな。力になれなくて」

「いや、いいんだ。ありがとう」

いつか自分も、そうやって第一線の仕事から離れていく時が来るのだろうか。今まで思いもしなかった不安が、急にあぶり出されて胸のうちを焦《こ》がした。

礼を言って受話器を置き、仕事に戻ろうと暗室へ歩いた。狭い廊下の先に誰かが立ち、喜多川のほうをじっと見ていた。

槙野だった。視線がぶつかりそうになると、槙野は慌《あわ》ただしく背を向けようとした。

「おい、槙野」

自制できずに呼びかけていた。不満があるなら向かってきたらどうだ。のどまで出かかった文句を呑《の》み、言葉を探した。槙野が黙って見返してくる。

「おまえ、撮っているのか？」

「は？」

怪訝《けげん》そうな目に変わり、槙野は喜多川を見た。

「写真だよ。自分の時間を見つけて撮ってるんだろうなって訊《き》いてるんだ」

「ええ、まあ、一応は……」

最近の若い連中は、どうしてこう歯切れの悪い答え方をするのか。そんなことまでが、なぜか腹立たしく感じられた。

「だったら持って来い。いつだって見てやるぞ」

口にしてから気がついた。十四年前、黒部からも同じことを言われた――。

女の部屋からスタジオへ直行し、モデルと無駄話をくり返していたかと思えば、気まぐれのように手早くシャッターを切る。その時も、黒部の仕事ぶりを批判的な目で後ろから見ていたはずだ。すると、何の前触れもなく黒部が北川を振り返り、同じように写真を持って来い、と言い出したことがあった。

翌日、撮り貯《た》めていた写真をスタジオへ持って行った。すべて酷評だった。フレーミングが甘い。画面にモチーフを入れ込みすぎる。安易なトリミングは上達を遅らせるだけだ。狙《ねら》いに合わせてフィルムを選ぶぐらいの慎重さもないのか。言われてみると、すべて当たっていただけに、言葉を返せず唇を嚙《か》んだ。頭で理想を描けはしても、実際の画面作りがともなっていなかった。力の差を思い知らされ、もう少し我慢してみようかと考え直したのを覚えている。

槙野は視線の先を足元に落とし、煮え切らない態度で首を振った。

「まだ、人に見せられるようなものは……」

「趣味でカメラをいじってるのなら、明日から来なくていいぞ！」

おかしな人だな。急に何を怒り出したのだろうか。槙野の不思議そうな目が物語っていた。

4

その日も喜美子は、体の調子が思わしくないと、ベッドから起き出そうとしなかった。

仕事に出ると、いつ昼の食事をとれるかわからないので、朝は必ず充分な腹ごしらえをする。それが喜多川の日課になっていたが、このところは家へ帰ると、翌日の朝は出がけに慌《あわ》ただしくパンをかじるだけになっていた。

「ごめんなさいね……」

「いいんだ。じゃあ、行ってくる」

会話も少なく、マンションを出た。本当に体調が悪いのか、それとも何かの抵抗なのだろうかと、こちらが余計な詮索《せんさく》をしたくなるような静けさが続いていた。

神宮前の事務所へ入り、上の部屋で一人、週末に届いた郵便物を整理していると、「二つ折り厳禁　写真同封」と赤い文字で書かれた封筒が目についた。

何の変哲もないA4判ほどの茶封筒だった。写真が送られてくることは珍しくない。カメラマン志望の若者が、履歴書代わりに自前の写真を同封し、弟子にしてくれと願い出てくるケースが年に三度ほどはあったろうか。

ただ、その封筒には差出人の名が書かれていなかった。表書きは細目のペンで流れるような文字が並んでいた。見覚えのある文字ではない。

封を切ると、中から六つ切りサイズの白黒写真が四枚出てきた。

最初の一枚は、路地に停車するＢＭＷの運転席と助手席から、男と女が降り立った瞬間の写真だった。

手が止まり、代わりに鼓動が忙《せわ》しなく跳ねた。あれはいつだったか。先週の月曜日だったか。真奈美のマンションから帰ろうとする時、背後からストロボ光を浴びせられた。やはりあれは、気のせいなどではなかったのだ。

息を整え、四枚の写真をデスクに広げた。物陰から写したものらしく、左端に黒い塀のような物体が写り込み、それが画面の陰影を引き締めるアクセントとなっていた。まるでトリミングを施したかのような絶妙とも言える位置に被写体の車が置かれ、ドアに手をかけた喜多川の顔をちょうど真横からとらえきっている。

しかも、隠し撮りのように見えながら、画面の粒子に粗さは目立たない。明かりのとぼしい夜の路地だというのに、二人の顔の見分けがはっきりとつく。計算しつくされた絞りとタイミングでシャッターを切っている。印画紙のフォーマットから見て、フィルムは6×4・5か7辺りか。機動性より、写りを重視したカメラの選択だった。これも素人《しろうと》ではあり得なかった。

二枚目は、喜多川と真奈美が肩を並べてマンションのエントランスに消えて行くところだった。三枚目は、喜多川が一人でエントランスを出て来る場面で、服装から同じ日だと分かる。最後は、一人で車に乗り込もうとする一瞬が、ストロボの光を借りて鮮やかに切り取られていた。言い訳のできない連続写真になっていた。

四枚の写真を裏に返した。やはり想像は当たっていた。ラボに出したものなら、印画紙の後ろに焼き付け番号が記載される。しかし、この印画紙には何の番号も入っていない。つまりは、カメラマンが独自に焼き付けをした証拠になる。まぎれもなくプロの仕業だった。

あらためて封筒を手にした。中には、手紙一枚入っていない。写真を送りつけて来た者の真意は何か。意思表示をしてこなかったのは、別の機会に譲るという意味なのだろうか。

誰が何の目的でこの写真を撮り、わざわざ送りつけてきたのか。喜多川も真奈美も世間の注目を集める存在ではない。となれば、この密会現場の写真にどれほどの価値があるのか。

この写真を手にしてショックを受けるのは、喜美子ぐらいのものだった。だからこそ、彼女の目には届きようのない事務所へ送りつけてきたのだろうか。

デスクのインターホンが鳴った。秘書の高橋だった。

「そろそろ時間ですが」

いつのまにか十時をすぎていた。もう下ではアシスタントがそろい、出かける準備ができていたようだ。

「今行く」

四枚の写真をデスクの抽斗《ひきだし》にしまい、鍵《かぎ》をかけた。エレベーターへ向かいかけ、思い直して足を止めた。

うちの暗室にあるモノクロの印画紙は、何種類あったろうか。今日届いた写真の印画紙と、手触りや色つやで同じ物だと見分けがつくものだろうか……。

いや、たとえ印画紙の種類が分かったところで、送り主の正体につながる証拠になるとは思えなかった。プロなら誰もが手に入れられる品にすぎない。

廊下で迷っていると、目の前でエレベーターの扉が開いた。そう広くもないケージの中に、槙野が一人で乗っていた。

「お早うございます」

頭を下げながらも、槙野はいつものように喜多川の目を見ようとしなかった。

「何だ。何か用か？」

「いえ、そろそろ時間ですので」

「わかってる。先に降りてろ」

若い槙野が呼びに上がって来るのは、アシスタントの序列として当然だった。何も不思議はない。頭では理解していたが、わけもなく声をとがらせていた。こんな時に、批判的な目を向ける者と狭いエレベーターの中で一緒になるのでは息苦しくてならない。

扉の閉まる音を背中で聞き、どうしてアシスタントの目を怖《おそ》れる必要がある、と喜多川は自分に問いたくなった。

芝浦桟橋へ移動し、埠頭《ふとう》に停泊する客船を使用しての撮影が始まった。若者向けに船旅をイメージした写真を、というのがクライアントの依頼だった。

甲板上や食堂で、ありきたりのコンセプトの写真を押さえた。その後は船室に場所を移し、広告にしてはややきわどい雰囲気を匂《にお》わせてシャッターを切った。こちらのほうが、喜多川の狙《ねら》いとする写真だった。

その撮影中も、槙野の視線が気になった。いや、アシスタントすべてから背中を見つめられている気がした。彼らなら、真奈美との仲を感づいていても不思議はない。ファッション誌の通年企画のモデルに真奈美を抜擢《ばってき》し、難色を示す編集者を説き伏せた現場を、彼らはそばで見ていた。

どこまで悟られているだろうか。アシスタントの目は特に気をつけていたつもりだったが……。

——私だって、喜多川プロの一員じゃない。

そう言って、喜美子は何かと理由をつけては事務所に来たがった。男所帯なのだから、女の目が少しはあったほうがいい、掃除が特に心配なのよね、と。

喜多川は結婚を機に、税金対策をかねた会社を設立していた。名目上にすぎないが、彼女も取締役の一人には違いなかった。子供がなく、一人で自宅にいるのを寂しく感じていたのかもしれない。あるいはそのころから妻は何かに気づき、探りを入れる意図もあったのだろうか。

最近まで、週に一度は事務所へ顔を出しては、部屋に花を飾り、備品の補充をし、アシスタントたちの尻《しり》をたたいて一緒に掃除をしていた。家では滅多に見せない生き生きとした表情に、喜多川は何も言えず好きなようにさせていた。

四人いるアシスタントの中で、喜美子の最もお気に入りの若者が、槙野だった。

「だって、昔のあなたに似てるでしょ」

喜美子は笑いながら言っていた。

「どこが似てる」

「気づいてないの？　何を言っても、いつも皮肉そうに人を見返すでしょ。その目が驚くほど昔のあなたに似てるじゃない」

そう言われた時は、そこらの若造と一緒にするな、とむきになって言い返したような覚えがある。でも……。今はその言葉が痛いほどに実感できた。

槙野は、昔の——十四年前の自分を撮したポジフィルムのようによく似ていた。師事するカメラマンの腕は認めつつも、その人間性に疑問を感じている。その奥には、若者ならではの潔癖さがあるのだろうが、同時に、自分の腕への過信も居座っている気がした。何より昔の自分がそうだった。

槙野なら、あの程度の写真は撮れそうに思える。最も若いアシスタントでありながら、カメラのセッティングのセンスは図抜けていた。喜多川の描いたコンテを見るだけで、最適のライティングを作ってみせた。

いや……。それはセンスとは言い難い。槙野には、かつての喜多川と同じく、スタジオマンとしての経験があった。そのうえに、おそらくは普段から自分なりに光を考えて写真を撮ろうと心がけている。技の裏づけがなければ、あのセッティングはできない、と喜多川は踏んでいた。

あるいは、槙野なら……。昔の自分と同じ気持ちでいたとすれば……。

十四年前の自分の行為が胸に痛みを呼び起こした。

北川はたった十一ヶ月で、黒部勝人のスタジオを辞めた。当時はよかれと思ってしたことだったが、今となっては、恥ずべき行為以外の何ものでもない、と自覚している。たとえ一時ではあっても、師と仰いだ人に向けて唾《つば》を吐きかけるに等しい行為に出たのだから。

なぜ自分は、あんなことができたのだろうか。

弘恵夫人への同情心が強かったのは間違いない。いや、同情よりも、もっと根深い感情があった、と今になっては思う。なぜあんな心優しい人が、黒部のような男と一緒に暮らしているのか。妻を平然と裏切り、当たり前の顔をしていられる男への嫉妬《しっと》が、確かな引き金となっていた。

――あなたのご主人には、三人の女性がいます。よく考えられたほうがいいのではないでしょうか――

ある月のスケジュールを書き写し、そんな文面とともに夫人へ送りつけた。もちろん、匿名《とくめい》だった。夫人に勘づかれたくなかったので、わざと黒部のスタジオを辞めてから三ヶ月ほどの時間をおいた。

写真を送りつけようとは思わなかった。心の隅で疚《やま》しさが邪魔をし、自分が夢を託そうとする写真までを、そんな行為に荷担させたくない気持ちが働いていた。

その後、弘恵夫人がどうしたのかはわからなかった。黒部の写真は変わらずグラビアを飾り、テレビにもしばらくは顔を見せていた。喜多川がフリーになってからも、黒部の仕事のスタイルは昔のままだった。パーティで顔を合わせた時も、彼は何も言わなかった。そして、今も夫人と暮らしている。

――よかったら、うちに遊びに来てくれ。

黒部は本心から、あの言葉を口にしたのだろうか。

桟橋での撮影を終えると、その日ラボから上がって来たフィルムを事務所で選別し、仕事を終えた。

喜多川は上の階に設けた社長室に戻ると、真奈美の部屋へ電話を入れた。今日も受話器は取り上げられなかった。このところ部屋にいない日が多い。事務所に伝言を残しても、彼女のほうからは思い出したようにしか電話はかかってこない。あの写真の時も、ほぼひと月ぶりに連絡が取れたのだった。

抽斗の鍵を開け、四枚の写真を取り出した。

真奈美が、こんな写真をわざわざ送りつけてくる意味があるか、と考えた。奥さんに知られたら大変なことになるでしょ。だからそろそろ終わりにしましょう。そういう意図が込められている可能性はあるだろうか。だから、あの日はひと月ぶりに抱かれる気になったというのか。

いや、彼女なら、こんな回りくどい方法はとらない。このまま自然に糸が切れていくのをじっと息をひそめて待つか、さもなければすっぱりと自分から話を切り出すかのどちらかに思えた。

とすれば、残るは……。

席を立った。部屋を出て、隣の暗室へ向かった。やはりドアがまだ開いていた。現像液の始末と後片づけは、最も若い槙野の仕事だった。

中をのぞくと、プロジェクターの前で、ルーペを手にする槙野の背中が見えた。ラボから上がってきた喜多川のフィルムを、一人になってあらためて見つめ直しているのだと知れた。

プロジェクターの一部に喜多川の姿が反射でもしたのか、槙野が飛びのくように振り返った。

「あ、すみません……。ちょっと今日の撮影で気になった点があって……」

「いいさ。黙って人のポジを見るのも勉強のうちだ」

「今片づけますから」

「なあ。例の写真はおまえか？」

　前置きもなく、問いただした。槙野がわずかに首を傾《かし》げて見返した。とても急ごしらえの演技だとは思えなかった。

「こないだ言ったはずだろ、写真を持って来いと。だから、ある写真をおまえのだと早とちりした。なあ、俺に見せる気はないのか？」

ああ、と頷《うなず》きながらも、槙野の視線が頼りなく揺れながら床へ落ちた。迷うように口元をゆがめ、そっと息を吐いた。

「どうした？」

「いえ……ですが、僕はまだ下《した》っ端《ぱ》ですから」

「先輩たちを気にしてるわけか」

槙野は答えなかった。無言でプロジェクターのライトを消した。

「いいか、槙野。俺がおまえに写真を持って来いと声をかけたのは、それだけの理由があるからだ。アシスタントの中で、ライティングの力はおまえが図抜けてる。おかしな遠慮をするな。この世界は腕と力じゃないか。人の目ばかり気にしていたのでは、納得ずくのシャッターが切れるものか」

槙野は手にしかけた現像バットをその場に置いた。喜多川に向き直った。

「わかりました。今、取ってきます」

短く言い残して暗室を出て行った。何のことはない。彼は写真を持って来ていた。ただ、喜多川の言葉を気まぐれだと思い、信じ切れずにいたのだった。

槙野が黒いビニール表紙のファイルを手に戻って来た。軽く息が弾んでいる。階段を駆け上がって来たようだ。

写真を手渡された。ずしりとした重みがあった。十枚や二十枚の数ではなかった。心してページをめくった。最初の三カットで、もう見ているのが息苦しくなった。写真の出来がまずいからではない。その反対だった。

明らかに、最初から売り込みを狙った体裁になっていた。静物、ポートレート、街角のスナップ、小動物、最後に風景。それらがカラーとモノクロを取りまぜてあった。静物は、ライティングを駆使され陰影深く、背景から鮮やかに浮かび上がっている。カメラを見つめる皺深《しわぶか》い老人の目は、迫りつつある人生の終焉《しゅうえん》を見据えるような力強さを放ち、街角に座る若者の目は、世間のよそよそしさを鮮烈に映し出していた。幾層もの厚い雲が夕陽に染まり、焼けるような山並みをとらえた写真からは、その場所でシャッターチャンスを待ち続けて過ごした時間の長さが嫌でも知れた。

圧倒された。一朝一夕に撮れる写真ではなかった。まだ計算が透けて見える箇所が目についたが、それは彼の若さだろう。技術的には、今すぐひとかどのプロとして通用できた。十四年前の自分には、とても作れない画面だった。

喜多川は密《ひそ》かに息をつき、写真から槙野に視線を上げた。じっと、我が身の将来を見ようとする若者が、目の前にいた。いつかこの若者は、自分をあっさりと踏み越え、もっと高い場所へと登り詰めて行くだろう。その確信があった。道さえ間違えなければ、必ずそうなる。

十四年前の黒部も、今の喜多川に近い衝撃を受けたのだろうか。それはわからなかった。でも、その直後に、黒部はある出版社の契約カメラマンの口があるんだがどうか、と北川に持ちかけた。今すぐフリーになる手もあるが、出版社という組織の中でもまれるのもいい経験になるはずだ、と。

なぜ急に、そんな仕事の先を紹介してくれたのだろうか。くすんだフィルターを通してしか黒部を見られなかった当時の北川は、不審に思った。厄介払いをするつもりか。そう感じたことも、恥ずべき行為に出た一因となっていた。

今思えば、その後の経験が、喜多川を世に出す強い後押しになった。出版社の写真部に所属していた四年間がなければ、硬派な題材に向かう機会は得られなかったろう。

ただ与えられた仕事をそれらしくまとめ上げる小器用なカメラマンで終わっていたかもしれない。

喜多川はフリーになってしばらくは、後ろめたさも手伝い、黒部をさけて業界内を歩いた。女性で鳴らした黒部に師事していたという経歴が、この先の邪魔になるのではと考え、過去を誰にも語らなかった。幸いだったのは、黒部のほうも、触れ回りはしないでいてくれたことだ。たちの悪いカメラマンになると、巣立った弟子の存在を鼻にかけ、先生風を吹かせて体面を保とうとする度量のせまい者もいた。

まさか……。

黒部は、あの時の写真から北川の弱点を見抜き、それで出版社の口を紹介してくれたのではなかったのか。生意気で、師を師とも思わなかったアシスタントに、なぜ写真を見せてみろと言い出したのか。それも、先輩たちを差し置いてまで……。

喜多川は冷静に槙野の写真を見直し、今の自分にできる精一杯のアドバイスを告げた。目を見張らせるテクニックを持ちながら、若いカメラマンにありがちな、欲張った画面構成が多かった。モチーフをもっと絞り、整理させたほうが引き締まるはずだと思う。写真は足し算ではなく、まず引き算でシンプルかつ力強い画《え》作《づく》りを心がけたほうが成功する。だからといって、安易なトリミングはさけるべきだ。

言い終えてから、気がついた。それはまるで、いつかの黒部のアドバイスと二重写しのように似ていた。十四年前、スタジオの隅で黒部と向き合っていた一瞬が、記憶のストロボに照らし出されて今の喜多川自身と重なっていく。

槙野はこちらを身構えさせるほどに真剣な目つきで、喜多川の意見を聞いていた。あまりに凡庸《ぼんよう》な感想を述べてしまったのではないか、と心細くなった。早いうちに、フリーで仕事をできる口を見つけてやったほうがいいかもしれない。ああ……そんな発想も、十四年前の黒部と驚くほど同じだ――。

「このファイルには手広くモチーフをそろえてあるが、本当は何を撮りたい」

「今のうちにしか撮れないものを撮っておきたいと考えています」

静物や風景なら、歳《とし》を取ってからでも撮れる。いや、そのほうが味のある画になる。それを槙野は知っていた。

「昔、俺が世話になっていた出版社がある。そこなら紹介できると思う。契約カメラマンだから、ポジやネガまで売り渡すことになるが、どうだ？」

槙野の視線が再び足元へと落ちた。一度目をつぶると、喜多川の表情を盗み見るような表情になった。

「あの……」

「何だ？」

「実は……先日、奥様から、電話をもらい……」

言いにくそうに、語尾がかすれた。そんな態度で、喜美子がかけてきたという電話の内容が読めた。昨日は何時まで仕事をしていたのかしら。今日も遅くなるのかしら……。きっとストレートに尋ねはしなかったろう。だが、喜多川のスケジュールを確かめる電話に違いない。お気に入りの槇野なら、事情を察して教えてくれる――そういう意図が喜美子にはあったのだろう。

槇野も喜美子の真意を悟った。どこまで正直に伝えていいのか。その迷いが、最近の彼の視線の意味だったのではないか。

「おまえの力を見ての判断だ。厄介払いをしようってわけじゃない。――どうする？出版社でやってみるか」

「お願いします」

槇野は廊下の壁を見つめ、それから深く息を吸うと喜多川を見つめ返した。

いつか来た道――。まだ三十七歳だった。いつのまにか若い才気に手を貸す役目を果たす歳になっていたのか、と知らされた。

5

事務所に泊まり込んで待ったが、真奈美からの電話はかかってこなかった。予想はしていた。どうせ連絡があるにしても、二、三日は先になるだろう。そこで何を言われるかも想像がつく。ごめんなさいね、時間がとれなくて。先生のおかげなのに……。そうやって胸の裡《うち》をやんわりと匂《にお》わせていき、喜多川の気持ちが冷めていくのを待つのだろう。それはそれで仕方なかった。

翌朝。喜多川は九時になるのを待って、先日黒部と再会した貸しスタジオへ電話を入れた。あまり期待せずに質問をすると、苦もなく予想していた答えが返ってきた。

受話器を置いた。ゆっくりと煙草《たばこ》を一本灰にした。それから手帳をめくった。もう電話番号は残されていない。棚から業界の名鑑を引っぱり出し、住所と電話番号を調べた。スタジオの記載はなく、自宅の住所だけが載っていた。今では事務所も手放しているようだった。

迷った末に受話器を取った。十四年前の声を覚えている可能性はどれだけあるか。それがただひとつの不安だった。

三度のコール音のあとに、受話器が取られた。「はい、黒部です」と弘恵夫人の昔と変わらない声が明るく耳に届いた。

わざとのどを絞り、やや高めの声で言った。

「先生はご在宅でしょうか」

「生憎《あいにく》もう出てしまったのですが」

「そうですか。キタダ・スタジオのタガワと言います。先日の予約の件で事務所のほうに電話をいただきたい、とご伝言を願えますでしょうか」

それで黒部には通じるはずだった。幸いにも夫人は喜多川に気づいた気配もなく、確かにお伝えしますと言い、受話器を置いた。胸がうずいた。

事務所で打ち合わせをしていると、昼前になって黒部からの電話が入った。

「うちに電話をもらったようだね」

先日とは打って変わり、あえて感情を出すまいとするような低い声だった。やはりあの伝言で、彼には話が通じた。つまりは、例の四枚の写真を送って来たのも黒部だった、ということになる。

「どこかで話せませんでしょうか」

「すまない……。こっちから電話をしようと考えてはいたんだが、なかなか踏ん切りがつかなくてね。まさか君のほうから電話をもらえるとは思ってもみなかった」

「時間はお任せします」

「じゃあ、今日の夜にでもちょっと時間をもらおうか」

「こちらはかまいませんが」

「そうか、助かるよ。七時ごろはどうかな」

「どこに行けばいいでしょうか」

黒部は言いにくそうに言葉をにごした。

「だから……それは先日も言ったじゃないか。うちのほうに来てくれないだろうか。家内も喜ぶと思うんだ」

家内も喜ぶ、という黒部の言葉をそのまま信じられはしなかった。十四年前、黒部のもとを離れる時、恩を仇《あだ》で返すようなまねをした、そのしっぺ返しを今になってされるとは……。夫人の前で激しくなじられはしないだろうが、たとえそうされたところで、自ら招いた事態なのだから、黒部の申し出を断れるはずもなかった。

五時すぎに仕事を終えて早々に事務所を出た。真奈美からの電話は、やはりまだ入らなかった。

恵比寿の駅前でワインと果物の手みやげを買った。当時は豪華さを誇ったマンションだったが、こんなに天井が低かったろうか。大理石の壁が記憶よりもくすんで見え、エントランスのドアも狭く感じられた。

古めかしいエレベーターに揺られて五階まで上がった。七時ちょうどに覚悟を決めてチャイムを押した。インターホンから「お待ちしてましたよ」と弘恵夫人の弾むような声が聞こえた。

ドアが開いた。喜多川は一礼し、声を呑《の》んだ。挨拶《あいさつ》の言葉がうまく声にならなかった。

「お久しぶりね。懐《なつ》かしいわ、ちっとも昔と変わってない。ご活躍は主人からよく聞いてますよ」

十四年の歳月は、カメラマンの浮き沈みを残酷なまでに映し、人の外見を変えてしまうほどの長さがあった。喜多川は一瞬、黒部が再婚していたのかと錯覚しそうになった。それほどに弘恵の面差しが、かつての記憶と違っていた。

昔の弘恵は、どちらかと言えば、ふくよかな体型だったろうか。それが今では、歳を重ねたせいもあるのか、若いモデルも羨《うらや》むような細さに変わっていた。頬の下がやや黒ずんで見えるのは、玄関の照明が足りないせいだろうか。

「よお、来たか。上がってくれよ」

廊下の奥から、黒部の声が聞こえた。昼前の電話から一転、同級生を招き入れるような親しさだった。

「さあ、どうぞ、どうぞ」

弘恵に背中を押されるようにして、リビングへ通された。テーブルの上には、今から子供の誕生会でも始まりそうなほどの手料理が並び、その向こうで笑顔の黒部が待ち受けていた。

「さあ、座ってくれよ。昔から、いける口だったよな」

言うなり黒部は、歓迎の挨拶だというような勢いでビールの栓を次々と抜いた。弘恵がキッチンへ歩き、また別の皿を運んで来る。

「うちの人ったら、急に言い出すんですもの。懐かしいやつが来るから、料理を作ってくれって。何もおかまいできなくて」

「いえ……」

「ほら、何ぼさっとしてる」

黒部がグラスを差し出した。言われるままに受け取り、ビールをつがれた。夫人もグラスを持ったが、そちらには半分ほどの量がそそがれた。

「久しぶりの再会と、喜多川光司の洋々たる前途を祝して、乾杯だ」

一人ではしゃぐように言うと、黒部はグラスを掲げ、ビールを一気に飲み干した。夫人も軽く口をつけてから、静かに微笑《ほほえ》んだ。

「うちの人ったら、喜多川さんのことになると、いつも自慢ばかりなんですよ。こいつの才能は、俺が誰よりも認めてたんだって。まるで自分の手柄のように言って」

「うるさいな。ほら、喜多川のビールがなくなってるじゃないか」

戸惑いを隠せず、二人の会話を聞いていた。黒部は、昼前の電話で写真のことを暗に認めた。それなのに、このもてなしはどういうことなのか。

とてもかつての行為を非難されるような雰囲気ではなかった。弟子の一人の成功を喜ぶ姿というよりは、一人息子のたまの帰宅を喜び、はしゃぐ初老の夫婦のように見えた。絵に描いた団欒《だんらん》の中へ突然投げ込まれて、ろくに相槌《あいづち》も打てなかった。

昔のように、弘恵が次々と料理を仕上げてテーブルに運んで来る。それを見て黒部が機嫌よさそうに杯を重ねていく。

今もこんな家庭生活を黒部が送っていたとは想像もしていなかった。十四年前の黒部は、妻の前ではよき夫を演じながら、何人もの愛人と夜毎《よごと》遊び回っていた。今も二重生活を続けられるほどの収入を、黒部が維持できているとは思いにくい。

生活に困っているとは見えないが、リビングを眺めた限りでは、外に女を囲えそうなほどの余裕ある暮らしぶりはうかがえなかった。

時代を感じさせる大作りなサイドボードの上には、外国映画に出てくるリビングのように、家族の写真がいくつも飾られていた。とはいえ、夫婦二人の生活なので、知り合いと一緒に撮《うつ》したスナップも多いようだ。昔のこの部屋に、こんなふうに写真立てが並んでいた記憶はなかったが……。

一枚の写真に目を奪われた。そこには、十四年前の北川浩二の姿があった。

視線に気づいたらしく、弘恵がはにかむような笑顔になって言った。

「ごめんなさいね。私たち、二人きりの生活だから、懐かしい写真を飾らせてもらっているの」

アシスタント仲間とこの自宅へ招かれた時の写真だった。誰が撮ったものだったのかは記憶にない。黒部と弘恵を中心にして、懐かしい顔が並んでいる。

「写真って、いいわね」

弘恵がサイドボードのほうに目をやり、ぽつりと言った。黒部がグラスを握ったまま目を閉じ、頷いている。

「こうやって、すぐに懐かしい昔を思い起こせるんですもの」

十四年前、黒部には六人のアシスタントがいて、週に一度は弘恵の手料理を楽しみながら、写真への熱き思いを語り合ったものだった。その姿を、弘恵はいつも目を細めて見守っていた。今、彼らはどこで何をしているのだろうか。おそらくは今も写真の世界で生き残っている者は多いのだろうが、業界内での噂《うわさ》は聞かない。表舞台で活躍できるのは、ほんのひと握りの選ばれた者たちだけだった。

「そういや、おまえのところも子供はまだだったよな」

「はい。どうも無理なようです。あきらめました」

「そうなの？」

夫人が、深い意味を感じ取ったのか、喜多川の表情を遠慮がちに見た。

「先生と同じく、僕にもかわいいアシスタントたちがいますから。これがまた手のかかるやつらばかりで、一人前に育てるのに、どれだけ大変かわかりませんよ」

「うちのやつらも、手がかかったからなあ」

黒部が笑って言い、それからアシスタント仲間の消息に話が移った。何人かは、今でも弘恵と季節の挨拶を交わしているという。

「どうかしら……今度みんなに来てもらうっていうのは？」

「そうだな。それもいいな」

弘恵が言い、黒部が頬を崩して答えた。二人の笑顔が痛々しく思えてしまうのは、喜多川の勝手な妄想にすぎない。そこに喜多川は、十四年後の自分と喜美子の暮らしを重ね合わせて見ていた。その時、今いるアシスタントたちは、我が家に集まってくれるだろうか。

それからは、黒部が昔話を面白おかしく披露しては一人で笑い、その姿を弘恵が昔のように笑顔で見守った。喜多川も話を振られ、そつなく会話に加わった。

「あれ、もうこんな時間か……」

黒部がグラスを置き、壁の時計を見上げた。十一時が近かった。テーブルの料理はまだ半分以上が残っていた。

「泊まってもらってもかまわないんだけど……明日の仕事があるだろうから、そう強く勧めるわけにもいかないしな」

笑顔を残してはいたが、言葉の端に充分なふくみが感じられた。なごり惜しそうな顔の弘恵に、喜多川は一礼して言った。

「今日はこれで失礼させていただきます。こんなに歓迎していただけるとは思ってもみませんでした。とても楽しかったです」

「また来てくださいね。みんなと集まるっていう話、本当ですからね」

楽しみにしています、と言って席を立った。黒部も笑顔を消して立ち上がった。

「じゃあ、酔い覚ましにちょっとそこらまで送っていくよ」

玄関先で手を取られ、また来てくださいね、と弘恵から何度も念を押された。あまりに真剣な物言いに、喜多川は胸を突かれて何度も頷《うなず》き、手を固く握り返した。

夫人と別れ、黒部と二人で外廊下を歩いた。エレベーターの中でも、黒部は無言だった。重い沈黙を乗せて一階まで下りた。

「少し歩こうか」

黒部が肩越しに告げ、先に立って歩いた。雨が近づいているのか、妙に夜気が濃く感じられた。どこかの庭先から、むせるような緑の匂いが漂ってくる。

「すまなかったな。話を合わせてもらえて助かったよ」

「いえ……」

大通りから離れるように、黒部は細い路地を選んで歩いた。痩《や》せた肩が、喜多川の目の前でぎくしゃくと左右に揺れた。話の先を意識してか、どことなく歩みがぎこちなく見えた。

「……聞いたよ。スタジオを新しくするんだってな。ビルを居抜きで買う話が進んでいるそうじゃないか」

「どこから、それを――」

喜多川は揺れる背中を見つめた。まだ妻はおろか、秘書にも打ち明けてはいなかった。

「こう見えても、業界では古いんだ。噂は入ってくるさ」

飯田橋《いいだばし》のほうにまだ新しいビルが売りに出ていた。地下一階、地上四階。建坪は七十平米に満たなかったが、一、二階をスタジオにして地下を倉庫、三階に暗室と事務所を置く。ペントハウスのようにつけ足された四階を社長室にすれば、そこでの寝泊まりも楽になる。金額は張ったが、趣味で引き受けているような硬派の仕事を減らせば、無理ではない返済計画が立てられる。

「最近は、張り切って金になる仕事を次々と入れてるそうじゃないか」

急に悪ぶった言い方に変わり、黒部は暗い路地で足を止めた。背中を向けたまま、湿り気を帯びた声で言った。

「古い話になるが……十四年前のあの手紙、おまえだよな」

「……はい」

「そのお返しだというわけじゃないんだが……。金を用立ててくれないかな。担保は――あの写真でいいだろ」

「いくらでしょうか」

黒部の背中が大きく揺れた。振り返った頬が、皮肉そうにゆがんでいた。

「――驚かないんだな」

「予想はして来ましたから」

「そうだったよな。あのスタジオから話を聞いたんだっけな」

貸しスタジオに電話を入れたのは、黒部の予約がいつ入ったのかを調べるためだった。あの日、黒部は不釣り合いなほどに広いスタジオで、細々と小人数で物撮《ぶつど》りをしていた。あの近くにもっと小さなスタジオはいくつもあったはずで、その違和感が気になっていた。

顔なじみのスタジオマンに尋ねると、黒部自らが訪ねて来て、スケジュール表を確認したうえで、あの第六スタジオを選んでいったという。喜多川の押さえた第五スタジオの隣を、あえて取ったようにも見えた。とすれば、偶然を装い、喜多川に近づきたい理由が黒部の側にあったとしか思えなかった。

「おまえなら、用意できる額だと思う。一千万でいいんだ」

路地の先を見つめ、手の内のカードを投げ出すように言った。

「こんなことは、したくなかった。けど……俺もそろそろ自分の城がほしくなった。

マンションを売り払っても、ちょっと足りない。銀行にも相談したが、しがないカメラマンじゃ、金は貸せそうにないと言われた」

それで仕方なく、十四年前に恩を仇《あだ》で返した生意気な若者の成長に目を留めた。そういうことなのだろう。

通りかかった車のヘッドライトが、黒部の彫りの深い横顔を映し出した。光をさけるように、首だけで喜多川を振り返った。

「あいつの実家の近くに、小さな写真館が売りに出てる。駅の前で、絶好の条件なんだ。だから、ちょっと値が張る。歳を取ったら二人して写真館でも構えてのんびり暮らそうかと、昔からあいつとよく話してたんだ。そろそろいいころ合いだと思ってな」

「わかりました。一千万でいいんですね」

答えると、どちらが金を要求されたのかわからないような顔になって、黒部は喜多川を見つめた。

「やけにあっさりと言うな」

「奥さん——かなり悪いのですか」

黒部が目を見張り、慌《あわ》てたように視線をそらした。細い目が、夜道の頼りない明かりを反射し、やけに光って見えた。

「そうか……気づいたのか」

弘恵は昔と変わらぬ笑顔で話を聞いていたが、料理にほとんど箸《はし》をつけなかった。酒も飲んでいなかった。痩せ具合も気になっていた。

黒部は暗がりへ歩き、生け垣の前で長い息をついた。

「先月、医者からあいつの写真を見せられたんだ」

「写真……」

「レントゲンだよ。とうとう胃と肝臓のほうに転移してるのがわかった。八年ももったんだから、上出来かもしれないな」

八年前――。

「あの、奥さんは――」

「おまえも知ってのとおり、あいつには迷惑をかけてばかりだった。今さら罪滅ぼしをしようってわけじゃないんだ。あいつな……おまえの手紙を読んでいながら、俺には何も言わなかったよ。要するに、あいつの掌で遊ばせてもらっていたようなもんだ。だから、今度は俺が、あいつの夢につき合うのもいいかな、そう思えてきた。女房ってのは、何でもお見通しなくせに、黙ってるから始末に悪い。おまえにも忠告しておくぞ」

黒部は空元気のように肩を揺すって笑うと、星の出ていない夜空を見上げた。

「俺も来月からは駅前写真館の親父《おやじ》だよ。そんな生活も悪くないかなって思ってる。――たぶん、金はそう遅くないうちに返せると思う」

つまり、もう時間はそれほど残されていない、ということだった。

「じゃあ、金のこと、頼むからな」

詫《わ》びるように小さく頭を下げると、黒部は足を引きずるような頼りなさで暗い路地へ消えて行った。その後ろ姿を見送りながら、喜多川は考えていた。八年前、最初に発見された夫人の病巣《びょうそう》はどこにあったのだろうか。

八年前――。それはちょうど、黒部の名前を業界内で聞かなくなった時期に符合するのではないか。

――あの人、もう女は撮らないって自分で公言してたらしいしな。

仁科が電話で教えてくれた言葉が思い起こされた。その中身が黒部の強がりではなかったとすれば……。

白い閃光《せんこう》が瞬《またた》いた。路地を遠ざかっていく痩せた背中が、一瞬、夜の闇《やみ》に浮かび上がった。遅れて小さく雷鳴が追いかけてきた。

黒部は急に女性を撮らなくなった。仕事と家庭を混同すべきではないという考え方はある。しかし、裸の女性を日々夫がカメラに収めながら、夫人が女である証《あかし》のひとつをなくす結果になっていたとしたなら、どうだろうか。

それが、黒部の今につながっているのではないか。収入、名声、プライド……。プロカメラマンとしての満ち足りた生活を手放してでも、黒部には大切にしておきたいと考えるものがあった。だから彼は、女性を撮らなくなったのではなかったのか……。

大粒の雨が頬を打った。またストロボのように、黒部の痩せた背中が浮かび上がって見えた。妻のもとへ歩いて行く、あの後ろ姿を自分はきっと、いつまでも忘れないだろう、そう思った。人にはそれぞれ歩き方がある。

夜の雷鳴を聞きながら大通りまで走り、タクシーを拾った。

幸いにも、今の喜多川には仕事ならいくらでもあった。いつかは恥ずかしくないスタジオを自前で構えたいと考え、多少の蓄えもしていた。一千万円ぐらいなら、どうにでもなる。どうせ借金を抱える覚悟はしていた。

マンションへ戻ると、どの部屋にも明かりは見えなかった。今日も喜美子は一人で先に休んでいるらしい。

喜多川は寝室のドアを開けると、「おい、ちょっと起きないか」と声をかけて蛍光灯をつけた。ベッドの上で、毛布にくるまる喜美子の姿が浮かび上がった。

「お帰り……」

喜美子が寝返りを打ち、細い声で応《こた》えた。たとえ喜美子がアシスタントにどんな電話をしていようが、それが寂しさから出た行動なのだと思うと、責められはしなかった。昔の自分の恥ずべき行為とは違う。

喜美子の脇《わき》に座り、眠そうに細める目を見て言った。

「なあ、俺、ビルを買うぞ」

「何なのよ、突然……」

「飯田橋にいいビルが出てるんだ。東広社も金を貸してくれるかもしれない。仁科に今確かめてもらってる」

「ビルって……何の話？」

「スタジオだよ。かなりの借金を抱え込むことになるが、決めようかと思ってる。しくじれば、このマンションも手放さなきゃならない。でも、それでいいよな。どうせ二人の暮らしじゃないか」

あっけにとられたように、喜美子が目をむき、見返した。むくりと体を起こし、パジャマの上にカーディガンを羽織り出した。

「ねえ。ビルってどこに買うの？　古いビルじゃないでしょうね」

喜多川は一人で笑い出していた。男が夢を語ると、とたんに女は現実的になる。

「何笑ってるのよ。ねえ、詳しい話を聞かせてくれる」

「当たり前だろ。俺たちのビルなんだから」

目を見開き、急に元気を取り戻したような妻の肩を後ろから抱き、喜多川は笑いながらリビングへ歩き出した。

第2章
一瞬

31歳

ファインダーの中で、ピカデリー・サーカスから細い路地へ射《さ》す午後の光を追っていると、背後でまだ寝起きから覚めていないような間延びした声が上がった。

「何かインパクトに欠けるんだよな」

わざとあくびを抑えたような口調の中に、秘めた棘《とげ》が感じられた。喜多川は路上にかがみかけた姿勢から腰を伸ばし、若い編集者を振り返った。仕上がりを見る前から不安を匂《にお》わすとは、こちらの腕を信じていない証拠だった。手の中でコンタックスRTSが急に重みを増した。二十代半ばの若い編集者は、いっぱしの難しそうな顔を気取り、ゴミの捨て置かれた路地を眠そうな目で見回している。

ロンドンの街に巣くう明と暗。彼の描いたテーマを背負わされ、朝からセント・ジェイムズとソーホーの周辺を歩き回っていた。夏の盛りの観光スポットは午睡《ごすい》のまどろみの中にあり、編集者の意図とは裏腹に、ゆるやかな時間が流れていた。

「そう思いません、喜多川さん？　歩いてるのは観光客ばかりで、ごく普通のスナップにしかなりそうにないじゃないですか。ここら辺りに浮浪者の二、三人でもいてくれると、ぐっと画面もしまってくると思うんですよ」

わざわざ観光シーズンを選んで日程を組んだのは、どこの誰だったのか。真意を量りかねて顔をのぞくと、自分なりの意見を主張してやまない若い編集者は、何を勘違いしたのか、身振り大きくつけ足した。

「ちょっとここで待っていていただけます？　僕のほうですぐに手配してみますから」

「そうだな。すべて君に任せようか」

路上に広げたカメラバッグにコンタックスを戻し、ファスナーを閉じた。

「ついでに、代わりのカメラマンも手配してくれると助かる。じゃあ、頼むよ」

編集者に背を向けたまま、バッグを肩に担《かつ》いだ。隣でまだ事態を呑《の》み込めずに、バッキンガム宮殿の衛兵よろしく身動きできずにいる助手の高原の背中をたたき、歩き出した。

「ちょっと……待ってくださいよ、喜多川さん――」

急に声を裏返した編集者に答えるのも馬鹿《ばか》らしく、リージェント・ストリートに向けて足を速めた。高原が慌《あわ》ただしく荷物を持ち直し、あとに続いた。

何のためにロンドンまで足を伸ばしたのかわからなかった。ある男性月刊誌の巻頭を飾るグラビア特集の企画だった。今年の五月三日、イギリスの総選挙により保守党が勝利を収め、ヨーロッパ初の女性首相が誕生していた。鉄の女と呼ばれるサッチャー女史の素顔と、彼女に託されたイギリスの現状をあぶり出しにする、そんな企画意図に乗せられ、無理してスケジュールを空けていた。サッチャーへの単独インタビューもできそうな具合だという口説き文句も大きな魅力に映った。

編集者にあおられてふくれあがった期待は、ロンドンでもろくも弾《はじ》けた。単独インタビューどころか、八方駆け回って辛くも取材パスを手にし、記者会見場での彼女の姿を遠くから収めただけに終わった。その程度の写真なら、何もロンドンへ出向くまでもなく、六月に開かれた東京サミットの取材で充分だった。今日は今日で、聞こえのいいテーマ以外に何のイメージも持たない編集者に街を引きずり回され、あげくに作為的な写真を撮れと言い出される始末だった。東京のスタジオで女の裸を撮っていたほうが、どれだけ創造的で充実した時を過ごせたかわからなかった。

まだ後ろで雑音が続いていた。相手にせずに歩いた。仕事への気力は、この四日間、ふつふつと募る苛立《いらだ》ちと怒りの熱に燻《いぶ》され、とうに消え失せていた。何より、甘い話に飛びついた自分が、腹立たしくてならなかった。

「いいんですか？」

喜多川についてそろそろ一年。自己主張を超えた我の強さに慣れたはずの高原も、心配そうな声で呼びかけてきた。

「悪いけど、いったんホテルへ戻って、荷物をまとめてから、日本へ帰ってくれないか」

「本当にこのまま帰る気ですか」

「心配するな。誌面を埋められそうな素材はあらかた撮り終えてある。空港から、編集部のほうには詫《わ》びの電話を入れておくよ」

「でも……」

「昨日の夜——日本から、急な電話が入った。昔、世話になった人が亡《な》くなったんだ」

高原が口にしかけた言葉を呑んだ。そんな態度をとりつくろうように、目を盛んに瞬《またた》かせた。

「俺を今の位置にまで押し上げてくれた恩人だ。だから一刻も早く仕事を終えて日本へ帰りたかった。そういうわけだ」

まだ何か言いたそうに眉《まゆ》を寄せて見やる高原に、あとは頼むと言い残し、呼び停めたタクシーに乗った。ヒースロー空港へ。慣れない英語で運転手に告げると、シートに深くもたれて目を閉じた。

そろそろだとは両親から電話で知らされ、覚悟はしていた。あれからもう四年――いや、五年近くにもなる。彼女は充分すぎるほどに闘った。

日本まで約十四時間。成田から前橋の実家へ、どう急いでもさらに四時間はかかる。ロンドンでの仕事を放り出したところで、密葬には間に合わない。彼女の両親も、無理はしてくれるな、と言った。あなたの気持ちはあの子もわかっていますから、と。どうせ彼女を見送れないのなら、仕事をやり遂げてから帰ろうと考えた。引き受けた以上は、プロとして恥ずかしくない仕事を果たしたい。彼女の死を言い訳に、薄っぺらな仕事をするわけにはいかなかった。しかし――。

――すぐに手配してみますから。

さしたる考えもなく口にした言葉だったろうが、急に冷たい手を首の後ろに当てられた気になり、その場でカメラを置いていた。

偶然のように見えても、人の歩んで来た道には必然の轍《わだち》が続いていると感じられてならない時がある。少なくとも彼女と出会わなければ、今の喜多川はなかった。それなのに、瞼《まぶた》の裏ににじみ出してまず像を結んだのは、もう一人の忘れがたい女性の顔だった。彼女にすまない気がして無理やり目を開け、窓の外を流れる景色を見つめた。

ハイド・パークの並木を右手に、タクシーはロンドンの街を西へと進んでいる。

あれからまだ四年半しかたっていなかった。たった四年――。自分を厚く取り巻いていたように見えた重い葉陰を越えると、いつのまにか喜多川光司は陽の当たる場所に出ていた。その足元を支えてくれた者の中に、彼女たちがいた。

五年前――。北川浩二は二十六歳の血気ばかり盛んな、まだ未熟なカメラマンだった。桜井美佐子はひとつ上の二十七歳で、着々とライターとしての基礎を固めつつあった。そして――外山《そとやま》千《ち》鶴《づる》は、白く素っ気ない病室の中で二十歳の誕生日を迎えたばかりだった。

1

北川が、契約カメラマンとして大手出版社に籍を置くようになったのは、二十三歳になったばかりの春だった。当時の写真部は、各雑誌の編集部が自由に使える遊軍のような存在で、三人の正社員と四人の契約スタッフが所属していた。

仕事は予想していた以上に楽しかった。それまで師事していたカメラマンは、女性モデルが専門で、被写体と撮影方法が限られていた。ところが出版社の写真部は、あらゆる商品を手がける総合商社も同じで、豊富な知識と堅実な技が要求された。火災や事故が発生したと聞けば、現場へ飛んで迫力ある画面を押さえる。動物園で珍獣の子が生まれた、スポーツ選手のインタビューがある、ロック歌手のステージ撮影はどうだ。次々と目新しい仕事が舞い込んでくる。一日がそれこそ瞬《また》く間にすぎ去った。

狂乱物価が落ち着きを見せ始め、フィリピンのルバング島で元日本軍将校が発見された春のことだったので、契約スタッフとなってから三年近くが経過していたと思う。

「おい、北川、ちょっといいか?」

その日、遅れて社に出ると、奥のデスクから守口慎治に呼ばれた。女性月刊誌の校了に合わせるため、昨夜は一人で暗室作業を続け、高田馬場のアパートへ帰ったのは朝の四時に近かった。

「おまえ、午後は昨日の仕上げをするだけだよな」

「ええ、今日も一日、現像液にまみれて格闘ですよ」

笑いながら答えると、守口はこまかい皺《しわ》に囲まれた目を細めてみせた。櫛《くし》の通っていない髪をかき回し、辺りをはばかるような声で言った。

「子供が急に熱を出したみたいなんだ。ちょっと気になるから家に戻りたい。悪いけど、おまえ、代理を頼めないか」

守口慎治は、写真部の中では最年長に当たる四十五歳の正社員だった。カメラマンとしてはベテランの域にさしかかっていたと言えるだろう。酒を飲むとすぐに顔を赤くし、大真面目《おおまじめ》に写真について演説したがる男で、北川が契約スタッフとなった当初の三ヶ月間、見習いとしてアシスタントについたのが守口だった。

「何だ、予定あるのか？」

「いえ……」

代理の仕事は慣れていた。部内でもっとも経験が浅く、若いスタッフとなれば、誰もが北川に面倒な仕事を押しつけようとする。

「頼むよ、北川。この埋め合わせは必ずするから」

さして悪びれたふうもなく言い、拝むように片手を額の前に押しつけた。部長の目を盗むためにカメラバッグを担《かつ》ぐと、講義を抜け出す大学生のような素早さで、守口はさっさと部屋から出て行った。

強引に渡されたメモを手に立っていると、先輩のカメラマンが近づき、にっと笑った。

「あきらめな。あの人のピンチヒッターなら、まだましじゃないか」

厚みのない笑顔に、薄っぺらな揶揄《やゆ》と軽視がぶら下がっていた。その笑みの大半は、貧乏くじを引かされた後輩へではなく、昼前からぬけぬけと社から姿を消した守口へ向けられたものだった。

――おまえは何を撮りたい。いずれはフリーでやっていくつもりがあるなら、会社の仕事をただこなすだけじゃだめだからな。

酒の席になると、決まって守口は若いスタッフをつかまえては口癖のようにくり返していた。北川も、何度同じアドバイスを受けたかわからなかった。

――守口さんは、フリーになるつもりはないんですか？

――俺はもう四十すぎだぞ。子供が二人もいるんだ。こんな歳《とし》になったら、もう遅い。だから、おまえらにはうるさく言ってるんだ。

ベテランだけに、彼はそつなく仕事をこなした。報道、スポーツ、ポートレート。どんな素材も手堅く器用にまとめる腕を持っていた。あとになって北川は、彼が契約スタッフたちの間で、便利屋、とささやかれているのを知った。

あの人、何でも撮るけど、特徴ってものがないからな。会社で生き残っていくには、ミスできないし、無難に撮るしかないさ。いやだね、安定志向のカメラマンなんて。

当時の契約スタッフたちは、誰もが目の色を変えてフリーへの道を探り、その露骨な視線の先を隠そうともしなかった。本来は禁止されているはずのアルバイトも、部内では黙認されていた。が、当然ながら守口がアルバイトに精を出しているとは噂《うわさ》にも聞かず、だから、子供が熱を出したという言い訳も嘘《うそ》ではないのだろうと思う以外にはなかった。

仲間たちから送り出され、北川は仕方なくメモを手に週刊誌の編集部へ上がった。普段は守口が一手に引き受けていたのか、その編集部の仕事は受けたことがなかった。

「桜井さんに呼ばれて来たんですが」

メモにあった名前を、最前列のデスクに座る若い男に告げた。しばらく待つと、自分とそう変わらない歳ごろの女性が、机に囲まれた通路を大股《おおまた》に歩み寄って来るのが見えた。

彼女は、北川の足元から頭の先までを値踏みするように見ると、首をひねりながら、赤いルージュを引いた唇をとがらせ気味に言った。

「君が守口さんのピンチヒッター？」

「そうですが、何か？」

彼女は後ろを振り向き、編集部の騒音に負けない大声で怒鳴った。

「編集長。こんな若い子、うちの写真部にいましたっけ？」

桜井美佐子は、その編集部に所属する契約ライターの一人だった。彼女は、女性ながらに経済や時事ネタなどの硬派な記事を得意にしていた。いや、女性ながら、という見方をされたくないため、あえて硬いテーマを頑固なまでに選んで取り組もうとしていた節があった。早く認められたいという強い思いを、熱い眼差《まなざ》しの奥に秘めた女性だった。

その日の取材は、ある新興住宅地の隣接地区に、ゴミ焼却施設が周辺住民の同意もなく建てられようとしている問題を扱ったものだった。北川は、美佐子に言われるまま、住宅地のそばに広がる建設予定地や、市役所へ押しかける住民たちの姿をカメラに収めた。

会社へ戻ってプリントを焼き、編集部へ届けると、美佐子はひと目見るなり、すべての写真を二つに引き裂いて屑《くず》カゴへ放り入れた。

「あなた、私に喧嘩《けんか》を売る気なの？」

勇ましい言葉の返礼に、北川はつい笑みを返していた。確かに喧嘩を売っていると見られても仕方のない面はあったかもしれない。

「何なのよ、この写真は？　どんなふうに撮ってほしいのかは、充分に説明したはずじゃない。違った？」

現場へ向かう車の中で、美佐子は我がことのように怒りながら、市役所側の対応を非難していた。住民に何の説明もなく、ゴミ焼却施設の建設を強行しようという態度は許せない、と。

「だったら、どうして空き地をこんなに薄汚く撮るのよ。まるでもうゴミ置き場になってるみたいじゃない。住民側の抗議の様子にしたって、わざわざみんなが席を立って怒鳴り始めたところを選んで持って来ないでよ。これじゃあ、よってたかって役人をつるし上げてるとしか見えないじゃない」

「悪いけど、僕にはそう見えた。だから、正直な思いを込めてシャッターを切った。その何がいけないんだろうか」

もともとあの空き地は、市がゴミ焼却施設を作るために確保してあった土地だった。住民が文句を言うなら、その事実を隠して土地を開発した業者に向けるべきだった。しかも現状では、にごった池となった水たまりにはボウフラがわき、誰が捨てたのか廃材が山と積まれ、空き地に足を踏み入れるのさえ危険に思えた。説明会を開きたいという市役所側のたび重なる要請を、一方的にボイコットしたのは住民だったし、増え続ける市民の吐き出すゴミを焼却する施設をどこかに建設しなければならないのも、また避けようのない事実だった。

「一方的に市民の側に立った記事作りは、どうなのかな」

正直な感想を述べると、彼女が鼻先に指を突きつけんばかりに言った。

「記事を書くのは、あなたじゃない。これは編集部の方針なの。あなたは言われたように写真を撮ってくれればいいのよ」

「写真の力を馬鹿《ばか》にしてもらったんじゃ困る。編集部の方針がどうだろうと、こっちはありのままを切り取るまでだ」

青臭い正論の応酬だったかもしれない。部内が静まり、視線が北川たちに集まっていた。

「わかったわ」

美佐子は睨《にら》むような目のまま頷《うなず》くと、今度はデスクに置いてあった原稿用紙を手にし、北川の前で引き裂いてみせた。

「この企画——ボツにする。それなら、あなたの気もすむわよね？　編集長！　お聞きのとおり、写真部からのクレームで、この企画はボツになりましたから」

翌日、その顛末《てんまつ》を守口に伝えると、彼は文字通り頭を抱えて小さな悲鳴を上げた。

「何てことをしてくれたんだよ。あそこの編集長は文句が多くて有名なんだ。仕方ないな……俺のほうからよく詫《わ》びを入れておくよ」

あとになって愚痴をこぼすくらいなら、人に頼みごとをしないでもらいたかった。北川の主張に理があると認めたからこそ、彼女も企画を取り下げたのだ。多少の意固地さはあったとしても、こちらは何も悪くなどない。反省よりも、不平をまき散らしたがる胸の裡《うち》をなだめ、一人で暗室にこもって仕事を続けた。

すると、午後になって、週刊誌の編集部から名指しで呼び出しの電話が入った。そういう時に限り、詫びを入れておくと言っていた守口の姿が見えなかった。スタッフから同情の目で見送られ、一人でうなだれて階段を上がった。

前日と同じく、北川を待ち受けていたのは桜井美佐子だった。彼女はつかつかと歩み寄ると、切れ長の目をつり上げて言った。

「君、どうしてカメラを持って来てないわけ？」

「え？」

「何で呼び出されたと思ったのよ。これから取材に出るからに決まってるじゃない。東京湾の埋め立て地に沈む夕陽を撮ってもらいたいの。さあ、行くわよ」

言うなり、一人で先に立って歩き始めた。慌《あわ》ててあとを追うと、彼女は足も緩めず前を見つめながら言った。

「ねえ、北川君。昨日の取材、記事を書くのが私じゃなくて、四十代の男性だったとしても、あんな写真を撮ったかしら?」

予期もしない問いをぶつけられた。自分と同年代の記者だからこそ、あんな自己主張ができた事実は見逃せなかった。だとすれば、それはちょっと卑怯《ひきょう》じゃないかしら
――そう美佐子は言ってきたのだ。

答え返せずに歩みが遅れると、美佐子は昨日の借りを返したぞというような笑みを見せた。

「いついかなる状況でも、あなたが恥ずかしくないと信じる写真を撮ってもらいたいものね」

2

ヒースロー空港のターミナル3に到着すると、一階のカウンターで明後日の便をキャンセルし、午後のブリティッシュ・エアウェイズの直行便を取り直した。ビジネスクラスは埋まっていたが、エコノミーにキャンセルが見つかった。

出発までまだ時間があったが、喜多川は何かに追われるように二階へ上がると、早々に出国審査を受けた。遠く離れた地では祈りを捧《ささ》げるぐらいしかできない。無念さを噛《か》みしめて出発ロビーへ出ると、夏のバカンスシーズンとあってか、免税店には日本人団体客の姿が多く見受けられた。若い女性たちの嬌声《きょうせい》から逃れ、ロビーの隅のベンチに腰を下ろした。近親者だけの通夜《つや》も終わり、家族に見つめられながら葬儀の時を待っているころだろうか。焦燥感にあおられ、バッグの底から密着印画を入れたファイルノートを取り出していた。

三冊目の写真集をまとめる話が進行中だった。それも、喜多川がかつて在籍していた出版社との仕事なのだからどこか因縁めいている。写真の選定を始めようと、ここ四年の成果をまとめて持ち込んでいた。南北統一選挙に沸くベトナムの人々と、裏腹に続発するボートピープル。アメリカ建国二百年祭の陰で渦巻く人種間の諍《いさか》い。平和な日本。意識してこの四年は、硬派な題材に向き合ってきた。あの当時のことが、肌の下で抜けきれずに埋もれて残る棘《とげ》のように、少なからず意識の下のどこかで影響していた。

ペンを手にしたが、視線は密着印画の上を素通りし、写真には残されなかった懐《なつ》かしい情景が次々と呼び起こされた。カメラマンに切り取れる一瞬などは、ほんのわずかな、選ばれた点描のようなものにすぎなかった。

——ねえ、君は何を撮りたいわけ？

並んだ密着印画の上から、当時の美佐子の声が立ちのぼってきた。耳元でささやかれたような思いにとらわれ、息苦しさを覚えた。

あの時の、ゴミ焼却施設予定地の写真を引き裂かれてからというもの、なぜか美佐子から指名されての仕事が増えた。最初は反発を見せつつ、どこかで自分の撮り方に共感を覚えてくれたのだろうか。歳《とし》が近く、仕事を頼みやすいと考えたからなのか。それとも、同じ契約スタッフという立場から、北川の仕事ぶりを心配してくれたからだろうか。

あとになって北川は、何度かその時のことを美佐子に訊《き》いた。

「本当は、ただ俺と一緒にいたかったからだよな」

「馬鹿《ばか》言ってなさい」

美佐子は笑って相手にしなかった。

それからも、取材に出た先での意見のぶつかり合いは一度や二度ではなかった。気兼ねのない仕事の進め方が楽しく、彼女から声がかかるのを心待ちにするようになった。やがて、仕事のあとに酒を飲んでは夢を語り合い、互いのアパートを行き来する関係になっていた。

彼女の夢は、一冊の本を出版することだった。丹念に取材をし、それまで陽の当たらなかった事実を掘り起こして読者の胸を揺さぶってみたい。私は文章の力で、君はカメラで。もう少し腕を上げたら、私の最初の本の装幀《そうてい》に使う写真を撮らせてあげてもいい。笑いながらよく美佐子は言っていた。

「北川君、今のままでいいわけ？」

美佐子はいつも北川を君づけで呼び、気まぐれに吹く春の風のように平然と、言いにくそうなことを切り出しもした。問われるたびに、自分はどう言い返していただろうか。どれほど納得のいく写真が撮れようと、北川はネガを会社に売り渡すしかない契約スタッフだった。その立場は彼女も似たようなもので、ある意味それは、彼女自身にも投げかけていた問いだったのかもしれない。

「ねえ、君は安定した給料がほしくてカメラを仕事に選んだわけ？　そうじゃないでしょ。いつかはフリーになるつもりで、会社へも腰掛けのつもりで来たんじゃないの？」

彼女に刺激を受け、北川もアルバイトの仕事に打ち込み始めた。腕を磨くチャンスを少しでも作りたかった。互いの文章や写真を前に、容赦のない批判をくり返した。

「北川君の写真って、ちょっと綺麗《きれい》すぎる気がする」

美佐子が言い出したのは、いつだったろうか。――そうだった。丸の内のオフィス街で三菱《みつびし》重工ビルが爆破され、多摩川の堤防が決壊して十八戸の住宅が押し流されるという災害の取材に出たあとではなかったか。中目黒にあった彼女のアパートの近くによく通ったバーがあり、二人で飲みながら意見を戦わせたのだった。

「何気ない風景はもちろん、ちょっとした動物を撮らせたって、北川君のフレーミングは抜群に思える。いつも最適と思える場所に被写体が収まってる。仕事を急がせたって仕上がりに乱れなんか出ない。それは、素晴らしいと思うんだ」

美佐子はよく、書き手の熱意が行間からにじみ出すような文章を綴《つづ》った。あまり自分を出しすぎるのは考えものだぞ。そう編集長から批判の言葉をもらうこともあったようで、そんな時には北川を呼び出しては、熱く反論をしてみせた。なだめ役に徹していると、そのとばっちりが北川にまで飛び火した。そのくせ美佐子は、ふとしたおりに気弱な表情を見せもし、目元を興奮に赤く染めながら怒っていたかと思うと、急に猫のように背中を丸めては涙をこらえていたりした。

「美佐子みたいに、表現する立場の者が興奮してばかりいてどうするんだよ」

「でも、綺麗すぎる写真って冷たく感じられる時があるじゃない。自分の感情を制御できずに持てあましてるような写真も見てみたい気がする」

「冷静な視点からこそ、浮かび上がってくるものがあるはずだろ」

あの時、むきになって反論していたのは、ちょうどそのころ、写真部の先輩からも似たような忠告を受けていたからだった。

アルバイトで手がけた広告写真が代理店で評判になり、いくつかの雑誌に連続して掲載された。そのページを会社で一人、頬をだらしなく緩めながら見ていると、後ろからささやかれた。

「相変わらず、小綺麗な写真を撮るじゃないか」

振り返ると、契約スタッフの中で最も古手に当たる男が、意味ありげな笑みとともに立っていた。

「器用なのはいいけど、おまえ、このままだと、守口さんみたいに、それで終わっちまうぞ」

「どういう意味です」

「あの人だって、昔はアルバイトで結構ならしてたそうだからな」

言われて守口の顔をそれとなく探していた。各編集部から呼び出しがかかるまで、彼はいつも部のソファで横になっていることが多かった。その時も守口は、肘掛《ひじか》けに頭を乗せ、グラフ雑誌を片手にあくびをこらえていた。あの守口までもがアルバイトに力をそそいでいた時期があったとは知らなかった。

「守口さんもそうだけど、報道ネタになると、おまえの写真、やけに大人しく枠に収まりすぎじゃないかな」

リアリズムに徹した写真が好きなスタッフだった。たとえ女優のスナップでも、皺《しわ》の一本一本を大切に写し撮ろうと努める克明な写真が多かった。海外のプレスから引き抜きの話が来ているという噂《うわさ》もあった。

「あとはおまえが一人で、じっくりと考えてみることだよ」

後輩への心優しき忠告にしては、言葉の裏に不遜《ふそん》と挑発の芽がありすぎた。北川の腕と仕事ぶりを警戒しての中傷にすぎない、そう思いたかったが、美佐子にまで同じようなことを言われると、冷静ではいられなかった。

「綺麗に整った写真の何がいけない」

「だから、いけないなんて言ってない」

「いや、俺にはそう聞こえた。テクニックがあるからこそ、誰が見てもわかりやすい写真が撮れるんじゃないかな」

「北川君の腕は認める。でも最近は、ちょっとテクニックに走りすぎてるように見える。古いレンズばかり集めて、得意がってるじゃない」

アルバイトを多く手がけるようになり、金には不自由しなくなっていた。だからといって、遊び歩いて浪費を重ねる馬鹿をするつもりはなく、稼いだ金の大半をカメラやレンズなどの機材への投資に当てた。中でもあのころは、第二次大戦前に作られた、名器と呼ばれる古いレンズの収集に凝っていた。露出やピントの操作に難点はあったものの、柔らかな色調や奥行きの深い画面など、独自の味わいを作り出してくれるものが多かった。

「レンズやカメラとかハードに凝るのはまだ先でいいじゃない。ハードよりも、北川君のハートをのぞいてみたい気がする」

美佐子は言葉を選んで言っていた。それは理解できたが、自分の写真が物足りないと言われたような気がし、それを認めたくはなかった。人には、向き不向きの題材がある。単に報道ネタが自分の写真に合っていないのだ。心の中で言い訳の足場を固め、プライドを保とうとしていたのかもしれない。

ミスタープロ野球と言われた長島茂雄の引退がささやかれ始めていた秋の初めだったと思う。

「北川。ちょっと、いいか」

突然、写真部の部長から、会社の外の喫茶店に誘われた。よほど社内では切り出しにくい話があるようだった。会社に隠れて引き受けていたアルバイトが問題になったのか。

部長は運ばれて来たコーヒーに口をつけると、身を乗り出して北川を見つめた。

「なあ、おまえ、契約から社員になる気はあるか？」

「は？」

「そうか、まだ聞いてないのか。守口が——辞めることになったんだ」

「守口さんが？」

「ああ。やつもようやく腹を決めたようだ」

「フリーになるって言うんですか？」

冗談にしか聞こえなかった。守口は自らフリーになるつもりはない、と部内で公言していた。噂にものぼったことはなかった。だが、部長は当然のような顔で、カメラマンなら誰もが知っている、ある代理店の主催する新人賞の名を口にした。

「フリーになるには、絶好の勲章だからな」

「まさか、守口さんが……」

あの人が受賞だなんて——。そう言いたかったのだが、部長は別の意味に理解したらしく、真顔で頷《うなず》き返した。

「そうなんだよ。やつが、おまえを強く推薦してな。腕は保証するからって。どうだ、北川。この辺りで落ち着いて仕事に取り組んでみるのは？　彼女だって安心するだろ」

あとは部長から何を言われ、どう答え返したのか、北川には記憶がない。その賞には、北川自身も三年前から応募を続け、奨励賞にすら選ばれたことがなかった。その大賞を、あの守口が受けるとは……。足元に横たわる板を唐突に外されたような衝撃だった。

守口の人のよさと写真の腕をある程度は認めながら、どこかで彼を見くびっていた。ボロ部のスタッフたちと同様に、所詮《しょせん》は便利屋のサラリーマンにすぎない、そう見下していた。ところが、逆に守口から将来の心配をしてもらっていたとは……。

喫茶店を出ると、強い西陽が路上に照りつけていた。自分の影が小さく見えた。それを踏みつけて歩き出し、電話ボックスへ急いだ。手当たり次第に知り合いの代理店へ電話を入れ、守口の受賞作をコピーでもいいから見たいと執拗《しつよう》に頼んだ。一人が手を回してくれた。授賞式用のパンフレットの色校《いろこう》だった。それを北川は、相手の会社近くの喫茶店で手にした。

濁流、と題された四枚の組写真だった。

増水して黒くなった川を白い一頭の子犬が流され、それを救う青年の姿がモノクロの連続写真で収められていた。どれも望遠を使用して遠くから眺めを切り取ったものではなく、目の前にまで近づき、犬や青年と一緒に泥まみれになって撮《うつ》したとしか思えない緊迫感にあふれていた。掉尾《とうび》を飾る一枚を見て、北川は肌が粟立《あわだ》つのを止められなかった。すべての緊張を、見事なまでに解きほぐすカットになっていた。泥に染まった子供が子犬を抱きしめ、その横で青年を始めとする大人たちが雨の中、びしょ濡《ぬ》れになるのもかまわず笑い合っている写真だった。その最後の一枚を見れば、子供までが濁流に流され、その場の大人たちによって助けられていた事実が手に取るように理解できた。寸分の隙《すき》もない構成だった。

打ちのめされた。とても社には戻れなかった。写真の奥に撮し手である守口の顔と姿勢が重なっていた。同じ現場に立っても、カメラを持つ者によって目に映る風景は違って見える。それが写真家の力量につながる。その事実を認めたくなかった。だから、急に社から消えた北川を心配し、アパートまで様子を見に来た美佐子に苛立《いらだ》ちをぶつけた。

「こんな写真、運がよかっただけじゃないか。だって、そうだろ。たまたま増水した川に出くわし、こんな事件に立ち会えただけなんだから」

「本気で言ってる、北川君？」

鬱憤《うっぷん》というひねくれた熱を冷まそうと、美佐子はあえて冷ややかな口調で言った。

「守口さんが幸運だったのは確かだと思う。でも、ただ幸運なだけの人だったなら、この子が助けられる瞬間を撮して、それで終わり。単なる報道写真の一枚にしかならなかったんじゃない？」

否定できない事実をぶつけられ、すり切れた畳の目に視線を落とした。美佐子は攻撃の手を緩めなかった。

「守口さんは、ここに写ってる人たちと一緒になって、まず子供を助けようとした。だから、本当ならもっと緊迫感にあふれる写真になりそうなシーンを撮れなかった。でも、そうしなかったからこそ最後の一枚が、こんなにも和やかな写真になったんじゃない？　ここに、ただの第三者として、子供を助ける現場を遠くから撮っていたカメラマンがいたんだったら、きっと興味本位に近づいて来るカメラマンを怒ったように見ている人が絶対にいるはずだもの。違う？」

違わなかった。命綱をともにした仲間たちの前で見せるような、ある種の連帯感と、それゆえの誇りと清々《すがすが》しさが画面から立ちのぼって見えるような写真だった。

「こんな写真、普通のカメラマンじゃ撮れっこない。北川君が逆立ちしたって、守口さんにかなわないよ」

現実から目をそらし、反論を口にしていた。そうしないと自分の存在が全否定され、跡形もなく消え去ってしまいそうだった。美佐子にではなく、そんな恐怖に、必死になって抗《あらが》おうとした。

「じゃあ何か？　かつての従軍カメラマンたちも、ただ戦争を伝えるだけじゃなく、飛んで来る弾の前に飛び出し、体を張って殺し合いをやめさせるべきだった。そう君は言いたいわけか」

「話をすり替えないで。状況が違いすぎる」

「同じに聞こえるね。チャンスがあれば、誰だってこんな写真は撮れるんだよ」

「北川君になんか撮れっこない。せいぜいお気に入りのクラシックレンズで、遠くから綺麗な画面を及び腰で切り取るぐらいのものよ」

「おまえに何がわかる！」

まともな反論すらできず、行き場のない悔しさを、振り上げた手へ込めていた。美佐子が息を呑《の》んだ。彼女の嘆きは目の前にいる相手へではなく、北川が大切にしていたクラシックレンズへ向けられた。振り上げた手の下ろしどころに困って身動きできずにいる北川の前で、彼女は棚に並んだレンズのひとつをつかんだ。北川の肩口をかすめて飛んで行ったレンズは、流しの横に置かれた冷蔵庫の扉にぶつかり、破片を飛ばしながらころころと、二人の間に線を引くかのように転がった。

「物に当たるな！」

「君こそ人に当たらないで。冷静に自分のことを見たらどうなの」

美佐子に投げつけられ、割れ落ちたレンズが自分に思えた。粉々にプライドが砕け、足元に散らばっていた。立ちつくしてそれを眺める北川の背後で、静かにドアが開き、美佐子の足音が遠ざかって行った。

3

出発便の案内を告げるアナウンスがロビーに流れた。たった五年の夢から覚め、喜多川は思い出の詰まったノートをバッグへ戻した。そろそろ時間だった。懐《なつ》かしさを引きずったまま、立ち上がろうとした。

「シャッターを押していただけますか？」

目の前に二十四、五歳と見える日本人女性がカメラを手に立っていた。わずかな遠慮と急ごしらえの笑顔が頰にあった。その後ろでは、同じ歳《とし》ごろの女性が三人、窓を通して見える旅客機を前に笑い合っていた。

「押すだけで撮れるようになってますから。お願いできますでしょうか」

苦笑しながら頷《うなず》いた。彼女はカメラを喜多川に託すと、折り目正しく一礼し、仲間たちの横へ走った。

カメラを構え、目を見張っていた。苦笑がさらに広がる。ライカM2。レンズはエルマー50ミリF2・8。仲間と夏休みの海外旅行を楽しむ若い女性から、こんなカメラを渡されるとは思わなかった。しかも露出は窓からのやや逆光を考え、プラス補正になっていた。手入れも行き届いている。かなり写真を知った女性のようだ。

ファインダーの中で、若い女性たちの笑顔が弾《はじ》けた。何がおかしいのか、彼女たちは喜多川がカメラを構えても、ずっと笑い合っていた。声をかけて大人しくさせることなく、自然な姿のままシャッターを切った。

「あれ、もう撮っちゃったんですか？」

「えー、あたし目を閉じてた」

またロビーに彼女たちの華やかな笑いが広がった。

「ありがとうございました」

「いいカメラですね」

正直な感想とともに、ライカM2を女性に返した。彼女は不思議そうに手のカメラに目を落とし、照れ隠しのような笑顔を作った。

「おじいちゃんがくれたカメラなんです。古めかしいけど、結構綺麗《きれい》に撮れるんで気に入って使ってるんです。おかしいですか？」

「いや、レンズもいい。ぜひ大切に使ってください」

ただの社交辞令と思ったらしく、彼女はまた折り目正しく一礼すると、仲間たちのもとへ戻って行った。たとえ隠された真の価値を理解していなくとも、綺麗な写真が撮れるから大切にしたい、それこそがカメラとレンズの本当の値打ちかもしれない。

走り去る女性の後ろ姿を見ながら、喜多川は考えていた。五年前の自分は、カメラとレンズをいかに効果的に使うか、頭でっかちに知恵を絞ってばかりいた。

あの時砕け散ったレンズは、今も捨てられずに仕事場のデスクの抽斗《ひきだし》の奥でほこりをかぶっている。ゾナー50ミリF1・5。大口径が災いしてか、レンズが五つの破片になって割れ落ち、鏡胴にもゆがみが見られた。そう高価なものではなかったが、自分には貴重なレンズのひとつだった。けれども、割れてしまったレンズより、もっと大切なものを確実になくしていた。あの日を境に、美佐子がアパートへ来ることはなくなった。彼女が真剣に、北川の将来を考えてくれていたのは確かだったろう。もしかしたら、その将来は、自分自身の将来にも重なっているのではないか、それに近いことも彼女は考え始めていたのかもしれない。そんな熱意に北川は応《こた》えることができなかった。

しばらくは、会社で顔を合わせる機会がなかった。二日後に、北川のほうから美佐子のアパートへ電話を入れた。校了にはまだ日があったが、受話器は取り上げられなかった。四日目に、会社の廊下ですれ違った。彼女はどこかのカメラマンと取材に出ようとしていた。廊下の先で立ち止まった北川に気づき、わずかに足を止めた。他人行儀な礼を返し、それで彼女の失望の深さを知った。

その夜アルバイトの撮影を曲がりなりにもすませてアパートへ帰りつくと、深夜の一時に電話が鳴った。期待を込めて受話器を取った。

「浩二、あんた、いい加減になさいよ」

前橋の実家に住む姉からだった。

「たった一人の親が入院したっていうのに、あんた、一度も見舞いに来ないつもりじゃないでしょうね」

腰を悪くしていた母の入院は、姉からすでに何度も報告を受けていた。会社の仕事以外にもアルバイトをいくつも引き受けており、それを口実に親不孝を続けていた。

「術後の経過はいいみたい。けど、可愛《かわい》い息子の顔を見たい見たいって、うるさくってしょうがない」

「悪いのか、母さん？」

勝ち気な姉らしく笑い飛ばすようにして言ったが、かすれたような声に弱音が感じられた。中学二年の夏に父が亡《な》くなってから、我が家には二人の母がいるようなものだった。そのおかげで北川は、長男という立場ながら好き勝手ができていたのだから、姉には頭の上がらないところがあった。

翌日、夜中まで駆け回ってアルバイトのやりくりをつけ、一睡もしないで上野からの特急に乗った。

前橋駅からそう遠くない、大学病院の四階に母は入院していた。この五年間、自分が一人前の顔で仕事をしているうちに、いつのまにか母の顔が小さくなっているのに驚かされた。姉が弱気になるのも無理はない。母は小さな顔をしわくちゃにして、北川の手を握ってしばらく離そうとしなかった。

五年の親不孝を少しでも取り返していると、不思議に次々と母のベッドに患者が集まって来た。よその部屋の患者仲間にまで、息子が東京でカメラマンをしている、と母が触れ回っていたからだった。

あら、ホントにいつもカメラを持ち歩いているんだ。ちょっと私らも撮ってもらおうかしら。プロに撮ってもらえるなんて、そうないからね。

まだ大したプロでもないんです。半人前のカメラマンを眩《まぶ》しそうに見る視線が痛く、逃げ出したくなった。けれど、母の誇らしげな顔を見ていると、とても断れはしなかった。

「下の千鶴ちゃんも呼んであげない？」

患者の一人が言った。そうよね、あの子もプロに撮ってもらったこと、ないわよね。呼んであげよう。急に患者たちが勢いづき、表情が明るくなった。母までが、決まり、看護婦さん、彼女もいいでしょ、と頼み出した。

よほど千鶴という患者は仲間から好かれているのだろう。看護婦もすぐに承諾した。ちょっと待っててくださいね、と笑顔で言い残し、部屋を飛び出して行った。

急な成り行きに戸惑いながら、姉にも尻《しり》をたたかれ、撮影の準備を始めた。さほど明るくもない病室の中で、それほど顔色のよくない患者たちを撮るのだから、窓際《まどぎわ》へ集めてオーバー気味に撮ったほうがいいか。できれば、画面の端にでも窓から射《さ》す陽光を取り込み、患者たちの快復を象徴する写真になれば、みんなも喜んでくれるだろう。母たちの顔を見回し、大まかな撮影のアウトラインを素早く計算していた。柔らかな光を表現するには、クラシックレンズを使う方法もある。バッグへ伸ばしかけた手が、そこで止まった。

――ハードに凝るより、北川君のハートが見たい――

美佐子の言葉が耳元で甦《よみがえ》った。そこに、お待ちどおさま、と看護婦が車椅子《くるまいす》を押し、部屋に戻って来た。

「待ってたわよ、千鶴ちゃん。さあ、こっちこっち。先生、頼みますからね」

患者の一人が車椅子に向かって手招きをした。車椅子の患者は何も答えなかった。答えられる状況にないのは、ひと目でわかった。病院備えつけのパジャマの袖《そで》から、枯れ枝と見間違いそうなほどに細く筋張った腕がのぞいていた。身長は百五十センチにも満たなかったろう。小さな顔は斜め上を向き、開きっぱなしの口からは涎《よだれ》が滴《したた》ってパジャマの襟を濡《ぬ》らしていた。唯一《ゆいいつ》、目だけに光が見え、それで彼女に意識があると想像できた。

その人が、外山千鶴だった。

4

彼女と出会っていなければ、今の喜多川光司は存在していなかった。写真の世界で生きてはいただろうが、こうやって途中で仕事をキャンセルして何の心配もせずにいられる立場になかったのは間違いない。ある意味それは、守口慎治が『濁流』という見事な組写真をものにした契機と同じく、ひとつの偶然の産物だった。人が踏み行く坂の上からは、いくつもの目に見えない運が転がり来るものなのかもしれなかった。

ボーディング・ブリッジを抜けて機内へ入った。窓際《まどぎわ》の席に着き、再びバッグからファイルノートを引き出した。カメラバッグを頭上のスペースへ押し入れ、仕事に集中した。

密着印画の中には、あの日、母たちと一緒に撮《うつ》した写真もあった。秋の柔らかな陽《ひ》射《ざ》しを浴び、大げさにはしゃぎ合って笑う患者たちの姿が数カット続く。その中で千鶴だけが一人表情のない顔を変えず、そこだけ時間が止まったように見えた。

彼女を前に下手な計算は吹き飛んでいた。心の整理もつけられないまま、北川は機械的にシャッターを切った。写真の母たちが笑顔にあふれているのは、北川にかまわず好き勝手な話をしていたからだった。だからこそ、表情のない千鶴の存在が逆に大きくクローズアップされてしまう結果になった。露出も甘く、陰影深くはあるが計算より画面が暗くなりすぎていた。プロから見れば、欠点だらけの写真だった。

カメラさえ持てば、いつでも冷静でいられる、とうぬぼれていた。自分にはツキがないだけで、技術は誰にも負けない。ところが、一人の患者への同情が先に立ち、構図も光の加減も目に映らなかった。千鶴の存在感に圧倒され、腕と気持ちが萎縮《いしゅく》していた。しかもあの時は、写真を撮り終えたところで、姉に廊下へ誘い出されて言われたのだった。

「あんた、なんて顔してるの」

何を咎《とが》められたのかわからず、北川は首をひねった。姉の目に苛立《いらだ》ちが走った。

「あんなに驚いた顔して、どういう気なの。みんなが気を遣ってわざと明るくしてたからまだよかったけど、入院してる人は敏感なのよ。そんな柔《やわ》な根性で、よくカメラマンがつとまるわね、あんた」

千鶴の姿を見ての驚きが、顔に出ていた。言葉がなかった。それを彼女に悟らせまいと、母たちはわざと派手に笑い合っていたのだった。それほど自分は動揺を露《あら》わにしていたのか。事故の現場に急行し、幾度も血まみれの怪我人《けがにん》を写真に収めてきた。

公害病に苦しむ患者たちの取材につき合った経験もある。人より多少は厳しい現実を見てきたつもりでいた。心構えをして病院へ来たわけではない、というのは言い訳にしかならないだろう。たった一人の少女を前に、プロとしての仕事ができなかった。病に苦しむ人がいるという当たり前の現実に、もろくも動揺していた。

「身内として、恥ずかしかったよ。あんた、そんなんで、いい写真なんて撮れるわけ?」

好き勝手をして得意がっている弟に、ちょっと忠告してやりたかっただけなのかもしれない。けれど、守口だったなら、たとえ動揺したにしても、それを顔に表したりせず、何の苦もなくシャッターを切れたに違いない。そう思えてならなかった。写真は、被写体をありのままに写すだけでなく、そこには撮る側の意識や心構えまでも映し出してしまう。

——冷静に自分のことを見たらどうなの。

美佐子の一言が、また胸に重く広がった。

その週末、北川は病室でのスナップを焼きつけると、できそこないに近い写真を口実にして、再び高崎線の特急に乗った。三日間悩んだ。車内でも迷いを払えなかった。

逃げる気持ちと罪悪感の間で揺れ続けるうちに前橋駅へ到着した。

母の病室で、焼き増しした写真を患者に配った。心優しき母たち入院患者は素直に写真を喜んでくれた。素人《しろうと》の目をだます程度の儚《はかな》い見栄《みば》えはあった。心苦しく病室を出ると、さらに足取り重く、外山千鶴の病室を見舞った。そこで初めて彼女の両親と顔を合わせた。

写真を手渡すと、千鶴の両親は深く腰を折って頭《こうべ》を垂れた。誰に対してでも謙虚な態度が板についていたように見えた。

「ありがとうございました。プロの方に撮ってもらえるなんて、この子にとって本当にいい思い出になります」

千鶴はベッドの上で横を向いていた。母親から写真をかざされ、見ているのも辛《つら》い痙攣《けいれん》のような動きで首を回した。視線がどれだけ写真をとらえていたかは疑問だった。その様子を前にしては、用意してきた言葉がのどをついて出なかった。父親の後ろから耳打ちした。お話ししたいことがあります。目をつぶって言葉を押し出し、廊下へ誘った。まともに顔を見られず、足元に向かって言った。

「病気に苦しんでおられる千鶴さんやご両親には、身勝手で迷惑なだけのお願いかもしれません」

「はい……？」

「千鶴さんの日常を、私に撮らせていただくことはできないでしょうか」

確たる信念や成算があったわけではない。なぜなら、難病と闘う少女——それは、あまりにもありきたりなコンセプトと被写体で、過去に多くのカメラマンが傑作をものにしていた。そこに自分が挑んでどうなるのか。しかし、よくあるテーマだからこそ、そこに本当の実力が見えてくる気がした。

「千鶴をさらし者にしろ、とおっしゃるのですね」

突き放した言い方に顔を上げると、父親の口元に深い皺《しわ》が刻まれていた。後ろでドアが開き、母親が心配そうな顔で姿を見せた。

「こういう時に、多くのカメラマンが言い訳のように用意する言葉があります。発表するかどうかは、本人やご家族の判断にお任せします、というものです。しかし、嘘《うそ》は言いたくありません。いずれ、恥ずかしくない写真が撮れた場合は発表したいと考えています。それが、千鶴さんをさらし者にするというのなら、そういう面は確かに否定できないでしょう」

「そんなことをして、私たちに何が残ります？」

「約束させてください。何枚シャッターを切ろうと、発表するのは一枚だけにするつもりでいます。あとはすべてネガもお渡しします。それは、ご家族皆さんの思い出ですから」

「たった一枚だけ……？」

母親が驚いたように、曲がりかけた腰を伸ばした。北川は契約カメラマンにすぎない。どれほど納得のできる写真が撮れようと、ネガもすべて会社に帰属する。それらを売り渡すことで安定した給与を手にしている。たった一枚でも手元に残るものがあれば、それで本望だった。身勝手な申し出に、せめてもの枷《かせ》と誠意を示す以外になかった。

両親が互いの表情を見やった。揺れ動く視線に迷いがあった。父親が深く息を吸い、病室のドアを振り返った。

「親だからと、私らが勝手に決めることではないのかもしれません。あの子ももう二十歳ですから」

千鶴は全身の筋肉が萎縮してしまう病気で、思考力や理解力まではおかされていなかった。それだけに辛い闘病生活だった。中学二年まで、彼女は車椅子《くるまいす》で登校を続けたという。彼女の意思表示は、口にくわえた棒を使って五十音表を指し示すことで伝えられた。

千鶴は父親からの話を静かに聞いた。それから懸命に首と顔を動かし続けた。たった十五文字ほどを指すのに、三分近くもの時間を要しただろうか。

――せんせいおねがいわたしをとって

千鶴の両親は涙をこらえながらその様子を見守っていた。ありがとう、精一杯撮らせてもらいます。北川がそう答えたあとも、なぜか千鶴のくわえた棒はゆらゆらと揺れながら動き続けた。三人が見守る中、五つの文字が加わった。

――き れ い に ね

千鶴から撮影の許可を受けたその夜、北川は美佐子の編集部に電話を入れた。

「はい、お電話代わりました、桜井ですが」

「僕だよ、切らないでくれないか」

「……わかってるとは思うけど、今校了の最中なの」

声の調子は硬かった。けれども、彼女は受話器を置きはしなかった。まだ猶予《ゆうよ》は残されている。

「見放されても仕方がないと思ってるんだ。君が言うとおり、ちっとも素直じゃなかった。守口さんに先を越されたのが悔しく、意固地になってた。それは認める」

「レンズのことはごめんなさい。必ず弁償するわ」

「あんなものは忘れてくれ。それより、自分を見つめ始めたところなんだ。守口さんに負けないように、恥ずかしくない写真を撮りたいと思う。それを君に伝えたかった。ただ、少し時間がかかるかもしれない」

「……わかった。信じて、待ってる」

彼女の声の細さは、失望と期待の間でバランスを取って揺れるロープの細さに思えた。そのロープが切れる前に、恥ずかしくない写真を撮る必要がある。

会社の廊下や食堂で、美佐子を見かけることは何度かあった。彼女は北川を避けはしなかった。いつも丁寧な、それだけにちょっと他人行儀な礼を静かに返した。

「おい、おまえら、どうなってんだ」

先輩のカメラマンが不思議がって尋ねてきたが、北川は何でもないと笑いながらごまかした。

長島茂雄が正式に引退し、田中角栄の金脈問題が取りざたされた。写真部にもそれらの余波が押し寄せてきた。その合間を縫っては時間を作り、千鶴の病室に通った。彼女の患者仲間はもちろん、看護婦や医師たちとも顔馴染《かおなじ》みになり、北川のカメラが向けられる先は次第に広がっていった。

傷の癒《い》えた母が、まもなく退院した。姉夫婦とその手伝いを終え、実家から戻ろうとする玄関先で、北川は姉に呼び止められた。

「あんた、少しはいい顔を作れるようになったじゃない」

多少の慰めにはなった。しかし、写真の数は増えても、美佐子に見せられそうなできのものはまだ一枚もなかった。千鶴の表情のない顔が、わずかに華やいだように見える一瞬をとらえたものは何枚かあったが、それは患者が病室でくつろぐ時を写した、ありきたりの写真にすぎなかった。

――せんせいこいびといないの

年の瀬が近づいてもなお、病室に顔を出し続ける北川を不思議に思ったのか、千鶴が五十音表を使って尋ねてきた。

「いるけど……今はケンカ中なんだ」

正直に答えた。恋を夢見ることさえ千鶴にはできない。その嘆きを表すにも苦労を要する。だからといって、ごまかすような答えは彼女を子供扱いすることになる。

――やさしくしないからよ

「本当にそうだな。自分でも恥ずかしいと思う」

――はやくなかなおりしないと

目標としていたクリスマスには間に合わず、北川は病院のささやかなパーティで千鶴たちとイブを祝った。正月も、母のいる実家を宿代わりに病室へ通った。あのころから、彼女の心臓の筋肉は次第に衰えを見せ始めていた。時間の問題。そんな見方も一部にはあった。写真は瞬間を切り取るものにすぎない。しかし、その一瞬が永遠につながる——そんな時を誰もが持ち得る。千鶴の一瞬を鮮やかに焼き付けるにはどうしたらいいか。会社の仕事でファインダーをのぞくたびに、病室で横たわる女性の姿が重なった。流してシャッターを切るな。その一瞬を逃してはならない。打ち込み甲《が》斐《い》のある仕事じゃないか。来る日も来る日も写真のことを考え続けた。

年が明けてすぐのことだった。千鶴のもとへ通うようになってから、すでに百日以上が経過していた。その一枚を撮り終えると、北川はフィルムと興奮を抱えて東京へ駆け戻った。その日は休日に当たり、写真部に出ている者は少なく、現像室は自由に使えた。

午前四時。焼き付けを終え、一人で歓声を上げていた。今すぐ美佐子のもとへ届けたかった。明かりの消えた階段を上がり、願いを込めて彼女の机にそっと写真を入れた封筒を置いた。

ところが、朝になってみると、胸を埋めていたはずの自信は一夜明けた風船のようにしぼみ、見る影もなくなっていた。病床の少女なんてテーマは、安易なセンチメンタリズムがすぎる。彼女なら笑うかもしれない。そう思い始めると、会社へ顔を出せなかった。風邪を引いたと嘘の電話を入れ、アパートでうだうだと布団《ふとん》をかぶって過ごした。

二時をすぎ、もう起きるしかないか、と思い始めた時だった。玄関のチャイムが鳴った。

どうせ新聞の勧誘か何かだろうと聞き流していると、ドアの新聞受けが小さくきしんだ。不思議に思って身を起こすと、開け放たれた新聞受けの中から、小さな紙袋がポトリとたたきに落ちるのが見えた。赤と黒のラインが入った紙袋に見覚えがあった。

何度も通った中古カメラ屋の袋だった。

慌《あわ》てて跳ね起き、四畳もないリビングを走り抜けた。素早く玄関の錠を外してドアを開け、裸足《はだし》のまま外廊下へ飛び出した。

冬の冷たい小糠雨《こぬかあめ》が、廊下に吹き寄せていた。右手に続く階段の前で、赤い傘を手にした人影が振り返った。胸元に抱えた茶色い角封筒がやけに眩《まぶ》しく感じられた。

「何だ、いたんだ？」

用意された台詞《せりふ》を棒読みでもするように、美佐子は言った。その表情にも、下手な役者が驚いてみせるような、ぎこちなさが貼《は》りついていた。

「これ……」

北川は寒さに震えながら、裸足のままカメラ屋の紙袋を拾い上げた。ずしりとした重みがあった。

「ちょっと遅すぎるけど、クリスマスのプレゼント」

冷たい雨が彼女の頬にかかっていた。ゆっくりと寒さが遠ざかっていくようだった。初めて枕元《まくらもと》のプレゼントを見つけた子供のように紙袋を引き裂くと、中には手に収まりそうなほどの四角い箱が入っていた。震えそうになる指先で、蓋《ふた》を開けた。いつだったか、美佐子が北川に投げつけたものと同じレンズが、布にくるまれ収まっていた。

「……感動して、涙が止まらなかった」

美佐子の手から赤い傘が落ちた。それを気にもせず、彼女は茶色い封筒を掲げてみせた。どこか悔しそうな顔で、今にもこぼれ落ちそうな涙をぬぐった。

「ごめん……。私の早合点《はやがてん》だった。あなたは誰にも負けない、本物のカメラマンだった」

「当たり前だろ。君がおかしな男に惚《ほ》れたりするもんかよ」

「ばか……」

泣き笑いの顔になって、美佐子が胸に飛び込んで来た。

5

あの時の写真は、喜多川の第一写真集の最後を飾る一枚となった。

病室はそう明るくない。窓にはレースのカーテンがかかり、冬の薄陽をさえぎっていた。その前に置かれたベッドで、振袖《ふりそで》を身にまとった千鶴がゆがむ顔を必死にカメラのほうへ向けようと努めている。その両脇《りょうわき》に、見るからに質素な普段着のままの両親が座り、二人で彼女を支える。ベッドの後ろには、千鶴の二人の弟、さらには祖父母と叔父たちが並び、そんな親子を温かな眼差《まなざ》しで見守っている。千鶴を囲むすべての人が、二十歳の晴れ着を身につけられるまで成長した彼女を誇り、それを喜ぶ微笑《ほほえ》みに包まれていた。写真の端に写る看護婦と若い医師にも、誇らしげな笑みがあった。彼女は誰からも愛されている。それを強く感じながらシャッターを切った一枚だった。

美佐子が編集会議にかけ、その写真は週刊誌の巻頭を飾った。彼女のアイディアもあり、ほかに三枚の写真を撮り下ろし、ひとつの組写真を構成した。タイトルは、成人式。泥と汗にまみれて土俵をはう若い力士の苦悶《くもん》の表情。目もくらみそうな高層ビルの工事現場で、煙草《たばこ》をくわえながら仕事を進める若者。夜の街でカメラに向かって凄《すご》む、暴走族らしき着飾った男女の姿。そして、千鶴の写真――。

翌月のカメラ雑誌には、その特集を評価する記事がいくつも掲載された。千鶴の病院では、北川の写真が廊下や診察室の壁に貼《は》られた。唯一《ゆいいつ》、千鶴だけが反応を示さなかった。おめでとう。そう口にくわえた棒は動いたが、目に喜びは見えなかった。先生と会えなくなると思ってるんです。母親の言葉が胸に染《し》みた。千鶴にとって、ただの通りすがりの人にはなりたくなかった。病状を利用するだけ利用して離れていったのでは、薄っぺらな一瞬を切り取るだけの仕事になる。自分の撮った写真に背く行為に思えた。

守口のように賞を得たわけではなかったが、たった一枚の写真の力を北川は知った。つき合いのなかった名のある代理店から、仕事をしてみないか、との連絡が相次いだ。新聞や雑誌からの取材も続いた。

最も嬉《うれ》しかったのは、フリーになった守口から、会社に電話があったことだった。

「特集、見たよ。久しぶりに写真を見て震えがきた。なんてすごい写真を撮るんだって、本当に悔しくなった」

「ありがとうございます」

「久しぶりに二人で飲もうじゃないか。俺に祝い酒をおごらせてくれ」

守口の申し出が嬉しく、ふたつ返事で予定を告げた。北川がまだ見習いの時、何度か飲みに連れていってもらった四谷《よつや》のバーで待ち合わせることを約束した。美佐子も連れていきたかったが、彼女は博多《はかた》まで開通した新幹線の取材で福岡へ出張していた。

約束の時間より二十分も早く店に着くと、もう守口は顔を赤く染めて待っていた。

「悪いな。待ちきれなくて先にやってた。何だか嬉しくて仕方ないんだ」

互いの消息を肴《さかな》に乾杯した。三十分もして話が一段落つくと、守口はグラスの酒を飲み干し、頬を埋めていた笑みを急に消した。目配せするような眼差しとともに言った。

「どうだ、周囲の目が急に変わったろ？　人の評価なんてのは、いい加減なものだ」

かつての怒りを思い起こすような口調だった。北川もそれは感じていた。特に写真部内の反応が複雑だった。最も若いスタッフなので、つい昨日まで先輩たちの現像を手伝わされていたのに、急に北川を遠ざけるような壁を感じつつある。

「俺もそうだった。賞を取ったとたん、掌《てのひら》を返すように親しげな顔で近づいて来るやつらもいる。ところが、なまじっか昔を知ってるやつらより、そういった連中の持ってくる仕事のほうが金になるから困る。やせ我慢もできずに、恥を忍んで仕事を引き受けてるよ」

卑下するように笑って言った。少し痩《や》せたか。会社にいたころより精力的に仕事をこなしているのだろう。洋服の趣味も変わった。冬の間は着古したジャンパー姿と決まっていたが、今はストゥールの後ろの壁に艶《つや》のある黒革のコートがかけられていた。何もそれは恥じるようなことではない、と思った。フリーになれば、技術を高く買う者とつき合うのは、プロとして当然ではないのか。

「ところが、そうでもないんだ。この世界はいまだに義理と人情が幅を利《き》かせてる。仕事を選ぶようになったのを、とやかく言いたがる者もいるから難しい」

「でも、奥さんは喜んでおられるんじゃないですか？」

「あなたは人が変わった。そう最近は言われてるよ」

話題を嫌うように、守口はグラスの酒をあおった。

「なあ、おまえもフリーになるんだよな」

「部長には、すでに正直な気持ちを伝えてあります」

「それがいい。おまえなら大丈夫だよ。実は……今日無理を言って呼び出したのは、ある人から名刺を預かってきたからなんだ」

守口は無精髭《ひげ》の浮いた頬をなでると、真顔に戻って一枚の名刺をカウンターに置いた。ある新聞社系出版社の発行するグラフ雑誌の編集長の名前が記されていた。

「おまえ、写真集を出してみないか」

「私が、ですか？」

「おかしな質問をするな。誰を呼び出したと思ってるんだよ」

赤い頰をようやく緩め、守口は笑った。ネガを売り渡すしかなかったカメラマンが、自分の名で写真集を手がけられる。実感がともなわなかった。

「おまえの写真は、それほど人の心を動かしたんだ。今日は飲ませてもらうぞ。俺も負けてられるか」

その日は二人で明け方近くまで飲み明かした。守口は、よほど北川のことが嬉しかったのか、それともフリーになってからのストレスがたまっていたのか、足元が怪しくなるまでに酔いつぶれた。明け方の駅のホームで、学生のように肩をたたき合って別れた。

今すぐにも美佐子に伝えたかったが、編集部に電話をし、わざわざ滞在先のホテルを訊《き》くのはためらわれた。夜も同行した編集者と中洲《なかす》にでも出たのか、電話は入らなかった。彼女が福岡から戻る日は、北川のほうが一日外に出ており、帰宅したのは深夜の三時近かった。朝を待って美佐子のアパートに電話を入れた。

「話したいことがあるんだ」

「そう……わかった」

言葉少なく彼女は答えた。北川の話しぶりから何かを感じ取ったのかもしれない。北川はこの数日、どうやって切り出したらいいか、そればかりを考えて過ごした。写真集の話だけではなく、二人の今後のことを。

朝からみぞれまじりの冷たい雨が降っていた。ほぼ一日暗室の中で仕事をこなした。だから美佐子と顔は合わせなかった。会えば変に意識し、夜の約束が照れくさくなりそうだった。会社を出る前から、酒を飲んだように頬が火照《ほて》った。不思議と寒さは感じなかった。

待ち合わせたホテルのラウンジに、美佐子は二十五分も遅れてやって来た。やけに顔色がさえなかった。冷たい雨はもうやんでいたはずなのに、頬が心なしか青ざめて見えた。何かあったのか。問いかけるより先に彼女が言った。

「少し外を歩かない」

互いの顔を見つめ合うより、肩を並べながらのほうが話しやすいように思えた。ホテルを出ると、美佐子は確かな目的を持つような足取りで、先に立って暗い公園のほうへと横断歩道を歩き出した。横に並ぼうとすると、さらに足取りが速くなった。ずっと無言。取材はどうだった？　話しかけても振り向かなかった。

「やっぱり戻らないか？　さっきから震えてるじゃないか」

腕をつかもうとすると、美佐子はそれを嫌うように歩みを速めた。冬の夜の公園に人の気配はなく、北風に針葉樹の枝が揺すぶられ、わさわさと音を立てていた。

「どこへ行くつもりなんだ？」

「歩きたいの」

「どういうことだよ」

「歩きながら話そう」

「せっかくいい話があるんだ。ゆっくりと落ち着いて話をしたい」

「寒いほうが冷静でいられる」

「なに怒ってるんだよ」

「怒ってなんか、ない。……悲しいだけよ」

美佐子は急に歩みを止めた。視線と肩を落とし、白い息が彼女の顔を包んだ。

「この三日間……何度も考えたの。けれど、私にはだめだった。あなたを許すことは、やっぱりできない」

「許すって、何のことだよ」

凍えるように肩を震わせ、美佐子はわずかに視線を上げた。

「……先週の土曜日、あなたの部屋でクレジットの督促状を見つけたわ」

北風が襟元を分け入り、心臓に直接吹きつけてきた。美佐子の凍りついたような表情から目をそらせなかった。

「どうしても私にはわからなかった。あなたが年収とほぼ同じ額の買い物をしたなんて……しかも、そのことを私に何も教えてくれないなんて……」

「……待ってくれ。説明させてくれないか。あれは――」

言いかけた北川をさえぎり、美佐子はぶつけるように言った。

「やっぱり、そうなんだ。だから君は、私に何も話せなかった。自覚していたんだ」

「違う。そうじゃない」

突然切り出され、混乱していた。足元から沈み行くような気がして身動きもできなかった。

「あの一枚は……あなたがみんな頭の中でこしらえた写真だった。そうなんでしょ？」

仕事と環境の変化に追われ、クレジットの支払いを忘れていたのは事実だった。その葉書を郵便受けで見つけ、慌《あわ》てて払い込んでいた。その知らせを、美佐子が部屋で見つけていた――。彼女は不思議に思い、クレジット販売で名高い百貨店に電話を入れ、北川の購入した品について問い合わせたのだ。電話があったからといって、店側が素直に商品を教えたのかどうかはわからない。おそらく彼女はさして考えるまでもなく、その商品に思い当たることができた。

「あの千鶴って女性を見つめる家族たちの思いに嘘《うそ》はなかった。それはわかる。でも、あの着物は、君がプレゼントしたものだったのよね」

「違う。貸衣装でもいいから、両親は彼女に晴れ着を着させてやりたいと言ってた。だから、こっちから頼み込んで、あの着物を贈らせてもらった。もちろん、あの人たちは断ったよ。そんな高価なものはもらえない。だから、こっちも多少の嘘はついた。安く手に入れられるルートがある、だからそう高い物ではない。そう言わないと、あの人たちは受け取ってくれなかった。それが真実だよ。最初からあの両親は、彼女に晴れ着を着せたがっていた。僕が頭で勝手にひねり出した写真なんかじゃない」

美佐子は笑みを浮かべて頷《うなず》いた。わかるわ。あの写真にきっと嘘はない。あそこに写っている人たちの思いにも――。

「でも……私にそのことを隠そうとした。私には……三百万円ものお金を使って、無理やり完成させた写真に思える」

違う、そうじゃない。北川の言葉は冷たい風に押し戻され、口の中で凍りついてのどの底へ落ちていった。

「どうして話してくれなかったの？」

どうしてだろうか。今も北川にはわからない。何も疚《やま》しさがなければ、彼女に打ち明けられたはずだった。どこかでやはり自分は、守口のあの写真に対抗しようという気持ちが捨てきれなかったのだろう。三百万円という安くはない金が介在した事実は否定しようがなく、誇れるものではないという気後れがどこかにあった。

「ねえ、貸衣装じゃいけなかったの？　あの両親が、本当に娘さんのことを愛していることに、ちっとも変わりはないじゃない」

そう、写真に写し取られた真実に何も変わりはなかった。貸衣装であっても、それで写真の見栄えが悪くなるなどとは心配もしなかった。ただ……たとえ借金をしてでも、彼女にいい晴れ着を着せてやりたかった。それは、カメラマンとして、抱いてはならない感情なのだろうか。

「ごめん。私はやっぱり許せない気がする」

彼女は足元に向かって押し出すように言った。それが別れの言葉だった。北風の助けを借りるような素早さで、美佐子は大通りへ向けて歩き出した。

6

「あら……」

　機内のざわめきに押されるように、女性の声が耳に届いた。隣の座席に、ロビーで話しかけられたライカM2の女性が座ろうとするところだった。

「先ほどは、ありがとうございました」

　頭を下げかけた女性の動きが、微妙に止まった。視線の先が、喜多川のファイルノートにそそがれていた。とんでもない失敗をしでかしたあとのように、彼女は口の前に手を当て、恥ずかしげに頬を染めた。

「……写真をお仕事になさっていた方だったんですか」

「いいえ、趣味で撮っているようなものですよ」

　笑い返しながら答えていたのは、なぜだろうか。女性に恥をかかせまいと思ったわけではなかった。会社にいたころからすると、遥《はる》かに割のいい報酬を手にする機会に恵まれながら、喜多川はいまだに趣味の延長で仕事に向き合っている気がしてならないのだ。悪く言えば腰が据わっていないのかもしれないが、プロだからと割り切った仕事はしたくなかった。代理店や編集者と意見が衝突してもめるのはたびたびだったし、今回のように採算を度外視した仕事を選ぶケースも多かった。

女性は化粧ポーチとともに、ライカM2を前の座席のポケットに入れた。機内で仲間たちの姿をまだ撮るつもりでいるようだった。中学校で国語の教師をしている、と彼女は喜多川に自己紹介をした。大学時代の仲間たちと年に一度、こうして海外へ旅をするのが楽しみでならない。旅行に出ると、いつも私が写真を撮る役目なんです。どこか誇らしげにつけ足した。

「あ、そうだ……」

急に目を輝かせて言うと、彼女はポーチの中から、赤い革の手帳を取り出した。

「宝物にしている写真があるんです」

照れくさそうにうつむき、手帳に挟んであった一枚の写真を喜多川に差し出した。プロのカメラマンだと知ると、自分の撮った写真を見せて感想を聞きたがる者が時にいた。けれど、彼女の口元には、いたずらをする前の子供のような照れ笑いがあった。興味がわき、差し出された写真を手にした。

それは不思議な写真だった。

場所は、公園の花壇の前か。背後に煉瓦《れんが》造りの壁が見える。その前で、ラフな格好の若者たちが八人、肩を抱き合うように寄り添っていた。男が四人、女が四人。それだけ見れば、ごく普通のスナップなのだが、若者たちの表情があまりにまちまちだった。涙を浮かべて怒ったような顔をしている者もいれば、泣き笑いの表情を作る者もいる。照れたようにカメラに笑い返す者もいれば、ただ涙にくれて視線を上げられずにいる者も見えた。喜怒哀楽。すべての表情が、たった一枚の写真の中に混在していた。

その瞬間、別れの言葉を口にした時の、涙をこらえた美佐子の顔が思い出された。泣きながら、彼女は怒り、悲しんでいた。複雑な表情が押し寄せては消え、喜多川はその顔を見つめながら場違いにも、ただ美しいと感じていた。今この一瞬を自分のカメラに収めたい。そう思わせる表情だった。

あの翌日から、会社で美佐子を見かけることはなくなった。北川より先に編集長へ辞表を提出し、フリーとなって社から離れていったのだった。いずれ北川も会社から離れるつもりでいた。それを彼女も知っていたはずで、にもかかわらず先に退職するほど、北川と顔を合わせることが嫌だったのだろうか。自分の行為を呪《のろ》いながらも、しかし、恥ずべき行為だったのかどうかは迷い続けていた。

彼女から遅れて三週間後に、北川もフリーになった。それを機に、喜多川光司という名前を使うようになった。その字を当ててくれたのは、千鶴だった。彼女は動かない手で鉛筆を握り、自分の写真の裏に、一時間もかけてその名前を書いてくれた。

喜び多い写真を撮ってください。あなたには光を司《つかさど》る力があるのだから――。そんな願いが痛いほどに染《し》みた。

美佐子の消息を耳にしたのは、フリーとなって半年がすぎたころだったと思う。彼女の在籍していた編集部から、グラフ増刊号の特集ページの仕事を受けた。打ち合わせのため、久しぶりに会社へ顔を出し、その帰り際《ぎわ》に編集長から手招きをされた。

「おまえ、知ってたのか？　美佐子ちゃん、うちの写真部にいたやつと結婚したそうじゃないか」

目の前で長いシャッターが下りたように光がどこかへ吸い込まれていった。その先で一人の男の顔が、現像液の中で揺らめくように浮かび上がった。

写真部にいたやつ……。

「てっきりおまえと一緒になるものだと思ってたのにな。わからないよな、女心ってやつは。あんな中年男のどこがいいんだか……」

声を失い、立ちつくしていた。守口慎治と美佐子の長い影に包まれ、動けなかった。

そもそも美佐子と仕事を組むようになったのは、守口の子供が熱を出し、その代理を北川が務めたからだった。それまで彼女からの仕事は、すべて守口が手がけていた。

――ごめん。私はやっぱり許せない気がする。

夜の公園で凍えながら聞いた美佐子の声が遠く聞こえた。それと同じ言葉を、彼女は守口にも告げていたのかもしれない。自分との仕事よりも子供を優先した――その事実を知り、美佐子は守口との関係を考え直そうとした。そこに現れたのが、北川浩二という男だった……。

「何であんな年寄りに奪われちまうんだよ。あいつに驚かされるのは、これで二度目になるじゃないか」

別の編集者が舌打ちまじりに言い、動けずにいる北川の背中をたたきつけた。

そう言えば、美佐子が北川にレンズを投げつけたのも、守口の受賞が社内に報告された日のことだった。守口を批判するばかりで、自分の腕を見ようとしない北川に、彼女が失望を覚えたのは無理もない。彼女はまだ迷っていたのだ。守口を忘れようとしてはいたが、あの人はやはり自分が見込んだとおりの優秀なカメラマンだった。あの写真からは、守口という男の優しさがにじみ出ていた。

ところがそんな時に、まだ未熟だと思っていた北川が、自分のためにと恥ずかしくない写真を初めて撮った。二人の男の間で、美佐子は激しく揺れた。そして、あのクレジットの督促状を見つけた。

——ごめん。私はやっぱり許せない気がする。

彼女は北川と別れる理由を見つけたがっていたのかもしれない。だから、必死になって北川の行為を非難しようとした。言い訳に耳を貸さず、守口を選ぶ口実を手にしたがった。

あとになって喜多川は、守口から紹介された編集者との打ち合わせの席で、その人から切り出された。

「守口さん、あなたを高く評価していてね。必ずいい写真を撮る男だ。だから、ぜひ写真集を作らせてやってくれないか。自分を売り込む以上に、熱く私に言うんですよ」

何も知らずに別れを切り出されるであろう男への、彼のせめてもの詫《わ》びのつもりだったのかもしれない。

あれから四年。美佐子の名で本が出版されたとは聞いていない。狭い業界ながら、守口の噂《うわさ》も耳にしなかった。喜多川の写真集だけが二冊世に出た——。

「そんなにじっくり見ないでください。素人《しろうと》の写真ですから……」

恥ずかしそうな声がすぐ近くで聞こえた。ライカM2の女性が、耳たぶまで赤くし、喜多川の横顔を見つめていた。

「不思議な写真ですね。これほど多くの表情が一緒になった写真は、見たことがない」

彼女はガラス細工に触れるような手つきで写真を受け取った。

「大学時代の恩師が急に亡《な》くなって……それで仲間たちと、先生の教室に集まった時の写真なんです」

花壇の後ろに写っていた煉瓦塀は、大学の校舎のものだったようだ。

「みんな言葉もなくて……。でも、そのうち、この真ん中に写ってる二人が、実は結婚を決めたって打ち明けて。本当は、先生に仲人《なこうど》してもらう予定を立てていたのに……。私たち、初めてその話を聞いて、みんな驚くやら喜ぶやら、先生の最期《さいご》にまに合わなくて余計に悲しくなったり……。先生が大切にしていた花壇の前で記念写真を撮ろうって、誰が言い出したのかな？　ちょうどそのころ、おじいちゃんからカメラをもらい、写真に凝っていた私が撮ることになったんです」

彼女はライカM2に視線を移し、そっと目を和ませた。

「私ったら、馬鹿《ばか》ですよね。先生を偲《しの》んで集まったのに、カメラを構えたとたん、はいチーズ、だなんて……。そうしたら、不謹慎だぞって怒り出す仲間がいて。けれど、そんなことがかえっておかしくなって笑い出したり、また悲しくなったり……。それで、こんな写真になったんです」

つい昨日の思い出のように、彼女は微笑《ほほえ》みながら言った。

「……写真っていいですよね」

喜多川も頷《うなず》き返した。ここにも一枚、撮る側の人間性が驚くほどに表れた写真がある。

「生徒たちとこんな写真を撮れるようになってみたい……。中学校の先生なんて仕事を選んだのも、どこかでこの時の仲間たちとのことが関係してるんです。あの――」

思い切るように彼女が顔を上げた。真摯《しんし》な眼差《まなざ》しが目の前にあった。

「どうして写真のお仕事を……？」

「そうですね……」

そう。どうして自分は写真を仕事に選ぶことになったのだろうか。あらためて訊《き》かれ、胸に問い直していた。

機体が揺れ、飛行機がブリッジを離れて動き出した。成田まで約十二時間。たっぷりと思い出にひたれる時間はあった。

喜多川は手にしたノートを開くと、過去に撮《うつ》した写真を思い返しながら、ゆっくりと言葉を選び始めた。

第1章
卒業写真

22歳

1

千ワットを超える大型ストロボが、スタジオの壁に走るひび割れを鮮やかに映し出した。カメラマンが叫ぶようにしてポーズの指示と甘い賞賛をモデルに浴びせる。続けざまのシャッター音と歯の浮きそうな言葉の洪水。スタッフの視線とストロボの明滅。聴覚と視覚を揺すぶる刺激を一身に浴び、モデルの肌が一気に紅潮して表情に艶《つや》と深みが増してくる。

カメラを挟んだ情熱のぶつかり合い——こういう撮り方もあるのか。ライティング・スタンドの陰でストロボチャージャーのランプを確かめながら、北川浩二はそっと熱い息をついた。カメラマンには独自の撮影スタイルがあり、それが写真の奥行きとふくらみを織りなしていく。歴然たる技術の差を、日々目にできるだけでも、スタジオで働く意味は充分にあった。

――スタジオマンなんてのは、ただの使いっ走りだろ？　カメラマンの助手にもあごで使われる存在じゃないか。

――普段からでかい口たたきながら、おまえ、腕に自信がなかったのか？

批判と冷笑のつるし上げは覚悟していた。ろくに講義や実習も開かれない大学内でくすぶり、夢に近い議論にふける日々より、どれほど有意義かわからなかった。

熱病のように湧《わ》き起こった学園闘争の波をまともにかぶり、北川の通う大学へも紛争の種は飛び火した。特に芸術学部では、安くない設備費を納めていることもあり、大学側に使途不明金が発覚するとともに、紛争は騒乱に育ち、長期化の様相を見せた。安田講堂の落城から遅れること四ヶ月、一部学生によるお決まりの籠城《ろうじょう》と機動隊による強制排除の乱闘劇が展開された。徹底抗戦派の中心メンバーには、他校からの〝外人部隊〟が多かったらしいとの噂《うわさ》もあったが、デモや集会をさけて歩いて来た北川は真実のほどを知らない。学内の封鎖が解かれた今も熱病の後遺症はあとを引き、休講が続いている。機動隊が警備する中を登校したところで、級友らの顔は眺められても、写真の腕を磨く機会は得られなかった。

早朝からしばしば深夜まで拘束時間は長かったが、プロの技術と姿勢と熱意を肌で実感できるスタジオマンは、写真学科のどんな講義や実習よりも新鮮かつ刺激になった。

「君、写真学科の学生だって？」

照明のコードを束ねていると、髪を後ろでまとめたカメラマンが、長い煙草《たばこ》に火をつけ近寄って来た。珍獣を前にしたような目つきには、近ごろの大学生への揶揄《やゆ》と失意がにじんで見える気がした。

「学校、行ってるわけ？」

「いえ、名ばかりの学生です」

「いい身分じゃない。うちの若い連中が、そろって嫉妬《しっと》の炎を燃やしそうだ」

煙を鼻と口から吐いてカメラマンは楽しそうに笑った。つい一時間ほど前、ホリゾントの陰で助手の一人に足をかけられ転倒しそうになった現場を見ていたのだろう。下働きでの不満や鬱憤《うっぷん》を、スタジオマンというよそ者にたたきつけて癒《いや》そうとする、単純で後ろ向きの発想を恥じない者はどこにでもいる。そんな連中は、決まって写真も浅はかで薄っぺらになる。スタジオマンの仲間らは忍耐の陰でそう密《ひそ》かに笑い、着々と腕を磨き合っている。

「君、今度、写真を持ってきなよ」

「ありがとうございます」

素直に頭を下げながら、腹の中ではカメラマンの腕と地位を抜かりなく量ることも忘れなかった。師事するカメラマンの力量ひとつで、独立後の人脈と仕事が変わってくる。大学でのどかに教科書どおりの知識を詰め込んでいたのでは、写真の世界で生き抜こうとする助手やスタジオマンらの打算と嫉妬の蒼暗《あおぐら》い炎を見ることもできなかった。

機材を確認してスチール製の大扉を閉めると、すでに夜の十一時をすぎていた。守衛室に鍵《かぎ》を預けてスタジオを出た。

終電間際《まぎわ》の地下鉄は、酔って帰宅するモーレッ・サラリーマンの見本市になっている。気の早い忘年会の帰りなのか。彼らの放つ徒労感や哀愁を自分ならどう撮るだろうか、いかに切り取れるだろう。それを想像し、今日のカメラマンの仕事ぶりを反芻《はんすう》する。目に映るあらゆる物が、腕を磨く教材へと変わる。

このまま大学を辞めて正式なスタジオマンになったなら、実家の母と姉はどう思うだろうか。もう一年無駄に過ごして大卒という肩書きを得るか、それとも貴重な今という時間を有効に使う道を選ぶか、腹をくくる時期に来ていた。卒業もせずに就職するぐらいなら、学費をたからず、もっと早くから働いてほしかったわよね。姉からまた嫌味をたっぷりと聞かされるだろう。ますます頭が上がらなくなる。

私鉄の駅から歩いて十五分離れたアパートへ帰り着いた時には、もう日付が変わっていた。きしむ廊下を忍び足に部屋へ歩くと、ドアの横に小さな段ボール箱が置いてあった。北川あての郵便小包だった。大家が代理で受け取ってくれたらしい。差出人の欄には「葛原幸也《くずはらゆきや》・母」と書かれていた。

葛原の母から小包？　理由がわからず、首をひねった。

無論、葛原幸也の名前は知っていたし、級友の一人には違いなかった。カメラや写真をテーマに熱く議論を闘わせたこともある。けれどそれも、教養課程でいくつかのクラスが一緒だった二年前までの話で、今では必修科目の広い教室でたまに顔を見る程度だった。いや、学園闘争の余波で休講が続いたこの半年は、ろくに会ってもいなかった。

その葛原から、しかも家族からの小包とは……。

箱を手にした。しっかりとした重みがあった。「壊れ物」と赤いシールが貼《は》られていた。

ドアの鍵を開け、殺風景な四畳半の真ん中に段ボール箱を置いた。裸電球の下で、ガムテープの封を切った。丸められた藁《わら》半紙が詰まっており、その下に黒い箱が収められていた。

箱ではなかった。引き出すと、ふたつのレンズが確認できた。小さな突起もいくつか見える。

ビニール袋に包まれたローライフレックスだった。

二眼レフの代表とも言えるフランケ&ハイデッケ社のカメラである。フィルムは6×6判。見かけは直方体の箱めいているが、その前面に上下二段のレンズが装着されている。ひとつがファインダー専用のピントレンズ、もうひとつが撮影用のレンズだ。

葛原幸也は、中古で手に入れたというローライフレックス2・8Fを何よりも大切にしていた。そのローライが、なぜ北川のもとへ？　それも家族から……？

ビニール袋の中に、白い封筒が入っていた。達筆の毛筆で、北川の名前がしたためられている。葛原がこんな手紙をよこすとは考えられない。差出人の欄にあった母親が書いたものだろうか。

ローライを畳に置き、半信半疑で封筒を手にした。便箋《びんせん》を引き出すと、表書きと同じ毛筆の文字で、短く簡潔な文章が綴《つづ》られていた。

『こんなことになってしまい、まだ現実の出来事とは思えず、とまどう日々が続いております。何度かお電話を差し上げたのですが、お留守にされているようなので、失礼かとは思いましたが、これを送らせていただきます。幸也の部屋に、あなたの名前がそえられ残されていた品です。あの子の代わりに、大切にしていただければ幸いです。

草々』

2

芸術学部写真学科の学生は、一学年五十名ほどで、だから一年もすると同学年の者なら顔と名前ぐらいは一致するようになってくる。

入学早々から葛原幸也という男が、北川たち学生の印象に強く残ったのは、やはりあのローライフレックスのせいだったと言える。写真学科に入ってくるだけはあり、誰もがカメラを複数台所有し、プロユースの高級機を持つ者も珍しくなかった。中には年代物のカメラやレンズに凝る者もいて、若さも手伝い、愛機への執着がすなわち写真への姿勢につながる――と考える傾向が強かった。

北川は、公務員だった父を十四歳の時に亡《な》くし、あまり裕福とは言えない家庭で育った。芸術学部という、学費の安くない学部へ進めたのも、高校時代に奨学金の推薦枠にもぐり込めたからで、実家からの仕送りはささやかなものにすぎず、東京に住む級友たちのようにアルバイトで稼いだ金をすべてカメラやレンズに回せる余裕はとてもなかった。北川の愛機は時代遅れとも言えるニコマートで、せいぜいが食費や交遊費を削り、中古でニッコールの単焦点レンズをそろえるぐらいが関の山だった。が、どんな名機を手にしようと、それを生かす技術と独自の切り口がなければ、宝の持ち腐れにすぎない。高級機を愛《め》でるようにしてシャッターを切る連中に負けてなるものか。そう言い聞かせて北川はニコマートで被写体に向かった。

級友たちの愛機の中で、特に注目を集めたのが、葛原幸也の持つローライフレックス2・8Fだった。

日本では戦後まもなく、二眼レフカメラが大流行した時期があったと聞く。独立した明るい専用レンズを持つためにピント合わせが確実に行え、構造も一眼レフほど複雑ではなく故障も起こしにくい。胸の前で構えて上からファインダーをのぞくため、カメラのホールドもよく、ブレが防止される。二眼レフにはいくつもの利点があり、その元祖とも言えるカメラが、ローライフレックスだった。

海外の古いグラフ誌を開くと、ローライを手にしたカメラマンが銀幕のスターや時の人を囲んでいる写真を多く見かける。かつて一世を風靡《ふうび》した二眼レフも、三十五ミリ用のコンパクトで高性能な一眼レフが当たり前となった今、主流からは外れ、生産台数も激減した。その中で、ローライフレックスだけはいまだに根強いファンを保ち続けている。

葛原は、ローライを愛機に選んだ理由を、北川たちにこう告げていた。

——人間ってのはふたつの目で物を見るんだ。カメラだってレンズがふたつあるほうが理にかなってるだろ？

——一眼レフは、アイレベルが高くなりやすい。人の顔を写すにはいいけど、アイレベルをそのままに全身を撮ると、足が短くなってバランスの悪い写真になる。

何言ってるんだよ、その時はカメラを低く構えればいいじゃないか。反論されると、決まって葛原は、皮肉めいた笑みを頬に浮かべて言った。

——一眼レフよりローアングルになりやすい控え目な構図が、俺は好きなんだ。謙虚に被写体に向かえるじゃないか。

そんな言葉とは裏腹に、葛原自身は謙虚さとはほど遠い男だった。北川たち写真学科の学生は、授業とは別に、写真のあるべき姿とは、被写体にはどう向かえばいいのか、などの抽象的かつ青臭い議論の応酬を好んで行っていた。葛原はいつも論戦の主役たちを遠目にし、わざと煽《あお》るような言葉を吐いては面白がるという悪癖があった。

昨年、大学で使途不明金問題が発覚した際も、大衆団交の席上、彼は最前列に陣取り、ローライフレックスのレンズを全出席者に向けるという度胸のよさを発揮した。団交の主役でもあったセクトの学生からは、何しにおまえは来たんだ、との非難も浴びていた。だから、控え目な構図が好きだという彼の言葉を信じる者は、誰一人としていなかった。

その葛原のローライが、北川の目の前にある。それも、彼の母親から送られて来た――。

手紙を置くと、手帳と財布をつかんで鍵《かぎ》もかけずにアパートを飛び出した。煙草《たばこ》屋の横に、赤い公衆電話が置かれている。十円玉を続けて投入し、葛原の下宿先の番号をダイヤルした。零時三十四分。大家に怒鳴られてもおかしくないが、時間を気にしてはいられなかった。

長い長い呼び出し音のあとで、受話器が取られた。眠たそうな男性の声が、アパートの名前を告げた。夜分遅く申し訳ありませんが、葛原幸也君に取り次ぎを願えませんでしょうか、緊急を要する件なんです。早口に告げて返事を待った。

「あんた、何も知らないのかい……」

深夜の非常識な電話にも、大家は怒鳴るでもなく、しんみりと声音を落とした。手にした受話器が妙に冷たく感じられた。

「葛原さんなら、うちにはいないよ。先週の日曜の晩だったかな。車で……事故を起こしたとかで。おとつい家族と親戚《しんせき》の人が来て、荷物を引き取って行った」

「あの、彼は今――」

ふくれあがる暗い予感から目をそらして訊《き》いた。ローライという確信が、重く頭上から影を落とそうとしている。北川の胸に響きそうなほどの吐息が聞こえた。

「事故の翌日に……。まだ若いのにねえ」

星ひとつない夜空が街灯りを吸い込んだかのように、見慣れた駅前通りの眺めが闇《やみ》に沈んでいった。級友の死を知らされたというのに、手にしたこの受話器の軽さは何なのだろうか、と場違いなことを考えていた。

この二ヶ月は大学から離れ、日曜日も仕事に出ていた。たまの休日にはひと足早い冬景色を撮ろうと奥多摩へ出かけたので、連日部屋へ帰るのは十二時をすぎていたと思う。いや――そもそも、ろくに級友と連絡を取っていなかったのだから、誰が知らせてくれるという当てもなかった。葛原と、特に親しかったとも言いにくい。

――まだ現実の出来事とは思えず――。手紙の文面が胸に甦《よみがえ》った。ローライという動かしがたい証拠が送られてきていながら、大学へ顔を出せば、またどこかの教室で彼と会えそうな気がした。ローライのファインダーから視線を上げ、皮肉めいた笑みを返すいつもの葛原の顔が、足元の暗がりを走りすぎて、消えた。

3

六月の中ごろだったと記憶しているので、もう五ヶ月以上も前になる。葛原が、急に北川のアパートを一人で訪ねて来た。

学内に機動隊が入ってひと月近くがたち、学生たちの間には奇妙な安堵《あんど》と厭世《えんせい》的な空気がないまぜになっていた。立て籠《こ》もりの戦場となった講堂や校舎は夢と消えた闘争の爪痕《つめあと》を無惨《むざん》に残し、復旧はまだ遠い先だった。体育会系運動部と一部のサークルが活動を始めていたが、多くがまだ半ば虚脱状態の目をしていただろう。理念と気運を圧倒的な国家権力の前にうち砕かれた徹底抗戦派の一部は、新たな執行部を作り直し、なお大学との話し合いを続けようと画策していた。そんな梅雨寒の深夜だった。

北川がアルバイトから戻ると、部屋のドアが小さくノックされた。

「俺だよ、葛原だ。いるんだろ？」

時と場所を少しは考えてくれたらしく、葛原にしては謙虚すぎる小声だった。互いの下宿先を行き来したのはずいぶんと前の話で、今ごろどういう気まぐれなのか。首を傾《かし》げながらドアを開けた瞬間、珍しく控え目だった態度の理由がわかった。

葛原は、小雨に肩と髪を濡《ぬ》らし、廊下の壁に体を預けて立っていた。顔のあちこちが熟しきった柿《かき》のように腫《は》れ、赤黒い血がにじみ出ていた。明らかに、殴られたとしか見えない傷痕だった。大きな声を出したくとも、唇はもとより口の中も切れていたようで、まともな声にならなかったらしい。

「誰にやられた？」

葛原はのそのそと這《は》うようにドアをくぐると、流しの横へ座り込んだ。畳の上に、雨と血が点々と滴《したた》り落ちた。彼は肩で息をつき、痛みをこらえるように天井を見上げた。

「北川なら、フィルムは用意してるよな」

「医者に行かなくていいのか」

「証拠写真を撮ってからだよ。頼む」

タオルを濡らそうとした手を止め、北川はあきれて葛原の顔を見つめた。彼は腫れた唇の端を持ち上げて言った。

「カメラだよ。何ぼさっと見てる。自分の顔じゃあ、撮りたくたってカメラのセットが面倒でしようがない」

「相手はどこのセクトの連中だ？」

団交の際の態度が気に入らないと、葛原をつけ回そうとする者がいる、という噂《うわさ》が一時期流れた。よその大学の連中が煽動《せんどう》していたらしく、葛原に協力を申し出た学内の一派もあると聞いた。

「いいからさっさと撮ってくれ。それと……こいつも頼む」

葛原は言うなり、握り締めていた右の拳《こぶし》を開いた。前歯と見られる歯が二本、血にまみれて掌に載っていた。葛原の歯に異常はないので、乱闘相手の前歯に違いなかった。

「そうそう、これもだった」

そう言い、左手で胸のポケットを探った。中から出て来たのは、二枚の学生証だった。どうやってこんなものを手に入れたのか。二枚とも、よその大学の名前が記されていた。

「やられた証拠写真と一緒に、こっちも残しておきたい」

「印刷してばらまこうって気か」

「いらん心配はしなくていい」

「今以上に目をつけられるぞ」

「これ以上ちょっかいを出せば、折られた前歯という惨《みじ》めな証拠写真を壁新聞に載せてさらし者にしてやる。そういう脅しの意味もある」

「いつから深入りを始めた？」

　濡れタオルを差し出したが、葛原はやんわりと手で制して言った。

「カラーフィルムはあるな。血の色を効果的に利かせてくれ。面倒な注文をつけるとなりゃ、おまえぐらいしか撮れそうにない。で、ふた駅もよたよた歩いて来た」

　あきれて二の句が継げなかった。この顔では、体にもかなりの痣《あざ》ができているだろう。小糠雨《こぬかあめ》だったからまだよかったものの、全身濡れ鼠《ねずみ》になっていたら、雨に体温を奪われ、途中で行き倒れていたかもしれない。

「早く頼む。目を開けてるだけでも、結構辛《つら》い」

　そんな写真が何の役に立つのか疑問だったが、従わない限り、葛原は流れ出る血をぬぐいそうになかった。ニコマートにネガカラーフィルムを装塡《そうてん》し、ストロボを焚《た》いて続けざまにシャッターを切った。腫れてふくれあがった頰と目の周囲の立体感を出すため、あえてサイドからのライティングで撮ろうと、ストロボを葛原に持たせた。

こちらの意図を理解したらしく、やるなぁ、と苦笑まじりに呟《つぶや》いた。続いて百五ミリのマクロレンズに切り替え、折れた前歯を接写した。こちらも被写体の角度を変え、数カット押さえておいた。

「見事なもんだ。北川に頼んだのは正解だったよ。――フィルムをくれ」

血と泥に汚れた右手を突き出し、頑として譲るまいとするような口調で言った。

「そんなフィルムを、ラボに出すわけ、いかないだろ。くれよ」

仕方なく、フィルムを手渡した。葛原はボロ雑巾《ぞうきん》をしぼるようにして立ち上がった。ふらつく体を横から支えてやった。

「医者を呼ぼう」

「いいって。迷惑をかけたくない。一人で救急車ぐらい呼べる。助かったよ」

北川の手を押しやると、葛原は痛々しげな笑みを返し、一人で部屋を出て行った。

葛原がおとなしく救急車を呼んだのかどうか、北川は知らない。数日後に気が向いて大学へ立ち寄った時も、彼の姿は見なかった。ようやく営業を再開した学食を北川は訪ね、葛原が参加していたサークルのメンバーを捜した。報道写真研究会。その名のとおり、硬派な題材に取り組む集まりだったが、いつからかどこのサークルも仲間と議論を闘わせる場に変わっていた。

「葛原？　父親が入院したとかで、故郷《くに》へ帰ってるらしいけど」

「いい歳《とし》して親に頼った生活なんて、ちょっと恥ずかしいよな」

同学年のメンバーは、軟弱な態度が許せないと言いたげな態度で答えた。その冷淡さがいくらか気になったが、怪我《けが》の具合がよくなるまで彼は雲隠れを決め込んだのだろう。

その後は、ろくに授業も開かれないまま夏休みに入った。北川は大学生活に失望し、スタジオマンのアルバイトに身を入れ出した。九月になって、授業の正常化を進めたいとする大学と、新自治会執行部との間で話し合いが持たれることになった。紛争以降の執行部は反代々木系の者らが実権を握り、彼らは団交の再開を目指して参加人員の確保を図った。どうやって調べ出したのか、北川のアルバイト先にも、執行部筋からの呼び出しがかかった。おまえはまだ大学を辞めたわけじゃないだろ。だったら話し合いに参加すべきだ。連日寄ってたかって説得を受け、面倒なので顔だけは出す、と約束をさせられていた。あとでつるし上げを食らったのでは困る、と講堂へ顔だけは出した。

壇上には大学側と並んで学生側の席も設けられていた。その左端に、見慣れた男の姿があった。

話し合いが始まると、最も活躍したのは、その左端に座る学生だった。大学側の出席者めがけて強硬な発言をくり返し、そのたびに講堂が沸いた。つい何ヶ月か前までは、批判めいた冷静な目で、同朋《どうほう》にもカメラのレンズを向けていたはずの男が、今は新執行部の中心人物へと変わっていた。

そうか……葛原までもが授業再開を阻《はば》もうというのか——。その動機はともかく、安くもない学費を納めるのに四苦八苦していた北川にすれば、もう大学に興味はなかった。

代官山のスタジオへ移って三週間ほどがすぎたころだったから、もう十月に入っていたと思う。誰から仕事先を聞いたのか、葛原がふいにスタジオを訪ねて来た。やはり深夜に近い時間だった。後片づけを終えて鍵《かぎ》を守衛室に預けに行くと、裏で人が待っていると聞かされた。通用口へ回ると、駐車場の隅で、葛原が煙草《たばこ》をくわえて立っていた。

「よお」

吸い差しの煙草を捨てて靴の裏で踏み消すと、葛原は気安そうに手を上げた。

「悪いな、仕事先にまで」

「誰からここを聞いた？」

北川の問いには答えず、彼は急に拝むようなポーズを作ってみせた。

「悪いが、また写真を撮ってくれないか」

「今日は怪我をしてるようには見えないじゃないか」

たとえ彼がどんな怪我をしていようと、もう引き受けるつもりはなかった。葛原は肩をそびやかして笑った。

「大した写真じゃないんだ。おまえに迷惑はかけないと約束する。絶対だ」

「今度は殴り込みに行くのか」

葛原が自分で撮れないとなれば、それなりの理由がなくてはならない。わざわざノンポリ第三者に徹する自分に頼みに来るとは、夜間のそう簡単ではない撮影になるはずだった。闇討《やみう》ちやアジトの襲撃の証拠写真でも撮るつもりなのか。

「そんなんじゃないよ。ちょっとした集合写真だ。俺もその輪に加わるから、できるなら人に頼みたいと考えた。何だったら、アルバイト代を払ったっていい」

「深入りはやめろ、と言ったはずだ。もう写真に戻れよ。俺たちがカメラを忘れてどうする」

大学の自治と将来を憂慮し、自らの手で行動すべきだ、という姿勢は悪くない。けれど、カメラを手にしてこその葛原だった。闘争に明け暮れるよその大学へ、彼はローライを手に乗り込んでいき、その成果を次々と母校の壁新聞に掲載した。機動隊に向かう学生たちの真摯《しんし》な眼差《まなざ》し、投石と放水、校舎に翻《ひるがえ》る旗、催涙ガスの煙る中で腕を組み合う男女……。それらの写真に刺激され、学内の結束は高まりを見せていったと言っていい。葛原の写真が、仲間に与えた影響は計り知れない。けれど、今年の春先から壁新聞の写真は消えた。写真の持つ力を忘れてほしくはなかった。

「なあ、葛原。俺たちには俺たちなりの戦い方があるんじゃなかったのか」

「厄介事には近づきたくないか？　体を張って汗水流すのは、資本家の奴隷《どれい》となって自分の小金を稼ぐ時だけにしたいらしいな」

投げつけられた言葉に深入りの度合いが計れた。葛原はあごの先を振り、北川を見限るように背を向けた。ところが、すぐ横に軽トラックが停車していたために、そのドアへと肩と顔から勢いよく衝突していた。そのまま彼はアスファルトに転がった。そんな失態を演じた自分が不思議でならないというような顔で、茫然《ぼうぜん》と夜空を見上げた。

「何やってんだ……」

手を差し出したが、葛原は目を強く瞑《つむ》った。多少の薄暗さはあったが、横に停車する車の存在に気づけないほどの闇ではなかった。よほど北川の態度が腹に据えかね、周囲が見えなくなっていたか……。

葛原は上体を起こし、射るような目を北川に向けた。差し出した手を押しやろうと腕を払った。むなしく空を切り、再びバランスを崩してアスファルトに尻餅《しりもち》をついた。

「おまえ……」

葛原はふらつく足取りで立ち上がった。頭を振り、何度も目を瞬《また》かせた。

「目を、どうかしたのか？」

停車した軽トラックも、差し出した北川の手も、彼からすれば右側に位置した。六月に、目の周囲をひどく腫らしていたのも……。だから自分に写真を撮ってほしいと言い出したのだろうか。

「何でもない。邪魔をしたな」

葛原はもう一度頭を振って今度は慎重に背を向けると、逃げるような素早さで薄暗い駐車場から走り去った。

それが北川の見た、葛原幸也の最後の姿だった。

送られて来たローライを見つめ、朝を迎えた。どこかでまだ葛原にかつがれている気が捨てきれず、同封の手紙を幾度も読み返した。差出人の住所は長野県上榊町《かみさかきまち》中ノ谷。電話局の番号案内に問い合わせてみると、該当する番地に葛原家は存在した。だが、息子を亡《な》くして悲しむ家族のもとへ電話するには、あまりに配慮のない時間だった。

4

一睡もできず、身支度を調えると大学へ向かった。葛原の家族へ電話しようとも考えたが、彼がどういう事故で死んだのかも北川は知らない。さして親しくもない同級生へなぜ彼がカメラを残したのか、家族ならまず疑問に思う。いや、何より北川自身が当惑していた。級友へローライを残したのでは、やがて降りかかる事故を予期していたかのようにも思えてしまう。せめて少しは詳しい状況を知っておきたかった。

駅前からスタジオに電話を入れ、級友が事故で死んだ事実を正直に告げて休みをもらった。今日のうちに必ずもう一度電話を入れると約束し、明日以降の仕事についてもふくみを残しておいた。

ほぼ二ヶ月ぶりの登校だった。授業はかなり正常化したらしく、駅で降りる若者の姿は予想よりも多い。だが、朝早いことも手伝ってか、卒業を待つ身となった級友らの顔は見当たらなかった。門を入ると、大学側への抗議をつづる壁新聞とスローガンを掲げた手書きのポスターが最後の抵抗を試みていた。熱心に読みふける学生の姿はもうない。

教務課を訪ねた。受付で学科と学年と名前を告げ、葛原幸也が事故で死んだというのは本当だろうか、と訊《き》いた。やがて部屋の奥から、四十代と見える太めの男性職員が近寄って来た。男は北川の名前を再度確認し、さらに学生証と名簿を照らし合わせるという念の入れようだった。学生証を戻しながら、男は視線を合わせずに言った。

「授業に出ていなかったのか？」

「は……？」

「今まで知らなかったってことは、ろくに学校へは来てなかったわけだな」

ぞんざいな口調に尊大な態度。だが、否定の言葉は聞けなかった。葛原の死は、もう疑いようのない事実だった。

「何で葛原君のことを調べてる」

級友の死をあらためて実感する暇もなく、詰問《きつもん》口調で問われた。何を責められているのか、理解が及ばなかった。

「友人が死んだ状況について知りたいと思ってはいけないのですか」

「こちらも困ってるんだよ。ただでさえ、君らとの話し合いが滞ってる最中なんだ。そんな時に、また警察に出て来られたのでは、こちらも迷惑なんだ」

「どうして警察が――？」

素朴な疑問だったが、男はあからさまに眉《まゆ》を寄せ、不機嫌さを隠そうとしなかった。

「うちのほうで答えられることは何もない。いいかな、警察から学籍簿の提出を求められれば、拒めるものではないんだ。おかしな探りを入れられたって、返答のしようはない。迷惑はこちらも同じなんだよ」

「待ってください。事故ではなかったんですか？」

「事故だよ、歴然とした、ね。我々も警察からはそう聞いてる。その裏づけのためにも協力してほしいと言われれば、資料を出さないわけにはいかないんだ。わからないかな？」

わからなかった。交通事故の裏づけ捜査に、なぜ学籍簿が必要とされるのか。さらには、大学側の職員が、こうまで北川を煙たがる理由も――。

「事故の原因は何だったんです？」

「君は本当に何も知らないのか」

男が疑わしげな眼差《まなざ》しを返してきた。


門の横で壁新聞に目を通していれば、少しは状況が読めたのかもしれない。その紙上では、葛原の事故にまつわる大学側の対応までもが問題にされていたからだった。

十二月七日に日付が変わったばかりの深夜に、事故は発生した。場所は井ノ頭通りの大山交差点付近で、葛原はその夜、仲間と渋谷《しぶや》で酒を飲み、そのまま羽根木《はねぎ》にある友人のアパートへ向かおうとしていたらしい。ハンドルを握っていたのは友人のほうで、右折して来た車をよけようと急ブレーキを踏み、電信柱に激突した。飲酒運転とスピードの出しすぎ、さらには前方不注意が重なったのではないか、と事故直後は見られていたという。

ところが、二人の遺体のポケットから、ある種の薬物が発見された。ＬＳＤという幻覚剤だった。八月のウッドストック・フェスティバルでアメリカの若者たちが乱用していたとされ、日本でも名を知られるようになった薬物だった。警察では、葛原の交友関係を調査するため、大学へ学籍簿の提出を求めた。その事実が学生に流れ、糾弾《きゅうだん》の標的がまたひとつ増えた。北川の訪問に職員が警戒感を示したのも、学生側が何らかの探りを入れに来たのではないか、と思ったためだったのだ。
形ばかりに礼を言って教務課を出ると、講堂横に建つ図書館へ急いだ。あまり熱心な学生とは言えず、ろくに利用したことはなかったが、新聞記事のストックの場所ぐらいは知っている。立て籠《こ》もりの根城から逃れられた図書館も、壁や階段の一部に焼け跡が残っていた。記事はすぐに見つかった。社会面の小さな埋め草記事にすぎなかった。

『深夜に暴走　大学生二人が激突死
7日未明、渋谷区大山町の井ノ頭通りで、世田谷《せたがや》区羽根木2丁目3番地に住む、永和大学3年坂根美由紀さん（21）運転の乗用車が電信柱に激突、大破した。この事故により、坂根さんと同乗していた中野区中央5丁目18番地、日本工芸大学4年葛原幸也さん（22）の二人が、全身を強く打って死亡した。原因は、飲酒運転とスピードの出しすぎと見られている。』
どの新聞も記事に大差はなかった。学生の内ゲバならともかく、単なる事故にスペースを割く必要もないと、記事にすらなっていない新聞もあった。事実のみが簡潔に書かれていた。

北川はくり返して記事を読んだ。何かの間違いではないのか、と思えた。葛原を車に乗せていたのが、女性だとは想像もしていなかった。

新聞のストックを棚に返却し、席に戻った。閲覧室で本もノートも開かず、遠くを眺めている者は、北川一人だった。衝撃から立ち直れずにいた。もちろん、この世は男だけで成り立っているわけでもなく、葛原が女性の車に乗って事故に遭おうと何の不思議もない。

ただ、葛原幸也には――一緒に暮らす女性がいたはずだった。

5

葛原幸也という級友を北川が意識するようになったのには、ローライフレックスという二眼レフカメラの物珍しさがあった。けれど、葛原が北川への興味を見せたのは、時代遅れのニコマートを愛機にしていたからではなく、長峰真希に心を惹《ひ》かれた過去を持つからだった。

長峰真希は、芸術学部に通う女子学生の中で際立《きわだ》って人目を引くという存在ではなかった。長めの髪をいつも後ろで引っ詰めにし、野暮ったく見える縁の太い眼鏡をかけていた。北川が長峰真希の存在を知らされたのは、彼女の撮《うつ》した一枚の写真がきっかけだった。

写真学科へ入学した当初は、一般教養と芸術基礎の講義が多く、実際にカメラを手にする授業は週に二時間程度のものだった。その撮影実習の最初の課題として、自画像を撮る、というテーマが出された。

手始めに学生たちの基礎的な技量を見ようとするための課題だった。モノクロであれば大きさや撮影法に制限は一切なし。北川はニコマートで光と影を駆使し、肖像画のようなありふれた自画像を撮った。撮影場所は、当時の下宿先の四畳半で、ありのままの部屋を背景に、上半身裸でタオルを首にかけて水滴をあごや鼻の下に残し、たった今顔を洗って鏡をのぞき込んだ瞬間――そんな設定で撮影した。我ながら凡庸な写真だったが、それが当時の限界だった。

提出された課題は教室に貼《は》り出され、同級生たちの厳しい鑑賞眼にさらされた。それぞれ工夫を凝らした写真には、笑顔もあれば泣き顔もあり、スポーツに熱中する場面を鮮やかに撮し出したものもあった。

葛原の写真は、今も印象深く記憶に残っている。写真中央にローライフレックスのピントレンズが大写しにされ、そこにファインダーをのぞこうとする彼の顔が映し出されていた。その写真からは、自分はカメラに向かう以外に何の取り柄もない男だ、とでもいうような彼の主張を強く感じた。

シルエットのみで自画像を表現した写真も一枚だけあった。中央手前に雲台《うんだい》上のカメラが位置し、両端にはレフ板とストロボが据えられ、その奥の壁にケーブル・レリーズを手にした女性の上半身が影となって映っていた。しかも、そのシルエットが明らかにヌードだとわかる。つまり、自分のヌードを撮ろうとする女性カメラマンの姿が浮かび上がってくる、という仕掛けだった。

構図はそれなりに整っていたが、手前に置かれたカメラが小さく、後方のシルエットとの対比が今一歩に思えた。写真の出来としては、誉《ほ》められたものではなかったろう。けれど、発想の妙と写真に賭《か》ける情熱が伝わってきた。どんな女性が撮ったのか。名前を確認し、教室でそれとなく顔を探した。どこにでもいそうな地味な雰囲気の女生徒だった。自分の美しさをわざと引き立てまいと、野暮ったい服と眼鏡で隠そうとしているように見えた。彼女はどんなカメラを好み、なぜ写真を学ぼうと考えたのか。彼女の自画像を眺めるうちに、次々と興味が湧《わ》いた。それは単純に、彼女への関心にすぎなかったのかもしれない。

駅の前で長峰真希を待ち受け、映画に誘った。あっさりと断られた。その映画はもうほかの人と一緒に見たから。それが彼女の答えだった。

あとになって、その相手が葛原幸也だと知らされた。以来、二人の姿を学内でたびたび見かけた。一緒に暮らし始めたらしいと噂《うわさ》が流れてきた時も、あの二人なら当然で何も驚くに値しない、と冷静に受け止められた。別れたという話は今日まで聞いておらず、今でも続いているものと思っていた。

図書館から再び教務課へ戻ると、そこでゼミの教室ナンバーを確認した。この時期になれば、まともな四年生は単位を取り終え、ゼミやサークルに顔を出す程度だった。

ＣＭフォト研究のゼミを、彼女は取っていたはずだった。

どう声をかけたらいいのか。憂鬱《ゆううつ》な思いをひきずりながら四号校舎へ歩いた。部屋の当たりをつけると、裏庭へ回った。芝生へ足を踏み入れ、それとなく窓を探した。部屋暗室で焼き増しを終えたところなのか、大判のモノクロプリントが所狭しと天井からぶら下がっていた。その間に、学生らの姿が見えた。

部屋へ視線をそそぎ続けた。一人の学生が気づき、窓へ近寄って来た。その後ろで、女性のシルエットが大きく動いた。窓を開けようとした男子学生が、後ろから呼ばれたのだろう、彼女のほうへ顔を振った。

北川は裏庭の芝生を出ると、校舎脇《わき》の歩道へ戻った。木の葉を落とした銀杏《いちょう》並木の間で、彼女を待った。二分もすると、背後から枯れ葉を踏みしめる音が近づいて来た。振り返ると、髪を短く切った長峰真希が、眼鏡を手にし、うつむきがちに立っていた。

「久しぶりね」

陽の当たる中庭に、学生の姿はまばらだった。去年の今ごろは、たとえ寒風の中だろうと熱に煽《あお》られた仲間が顔をそろえ、興奮気味に語り合う姿があちこちに見えた。たった一年。我々の年代の一年にはどれほどの充実度があるのだろうか、と北川は考えていた。

「スタジオでアルバイトしてるんだって？」

真希はベンチに腰を下ろすと、無理したような笑顔で北川を見上げた。

「いつ髪を切った？」

「似合わないかなあ」

わざとはぐらかすように、真希は髪の先を手ですいて答えた。

「昨日、あいつの母親からローライが送られて来た」

真希の手の動きが止まった。

「俺の名前が添えられて、ローライが残されていたそうだ。どういう意味だと思う？」

見る間に真希の顔から表情が消えた。視線が足元に落ち、ひざに置いた眼鏡を握る指先がかすかに震え出した。

いたたまれずに、真希の隣へ腰を下ろした。彼女の震えが収まるまで、黙って隣に座っていた。やがて小さくすすり上げると、彼女は泣き顔を隠すように眼鏡をかけて空を仰いだ。

「すまない……不躾《ぶしつけ》に聞いたりして」

「ううん……北川君はちっとも悪くない。悪いのは私だから」

「いつ別れたんだ」

深い吐息が聞こえた。

「ちょうど二ヶ月になる」

その理由は――。のどから出かかった言葉を呑《の》み、足元の枯れ葉を蹴《け》り上げた。直情的な尋ね方しかできない自分が恥ずかしく思えた。この調子だから、女性とは長続きもしない。もどかしさに身を細めていると、真希が冷静に言葉を継いだ。

「……葛原君、何だか急に変わったみたいで。知ってるでしょ。彼、執行部のメンバーに加わったの」

「やつに何があった」

「報研の人にも訊《き》いてみたけど、彼、みんなを急にたきつけ出してたみたいで。夏も終わろうっていうのに、ちっとも就職活動に身を入れようとしなかった……」

なぜ就職を考えようとしないのか。そう彼女は葛原を責めたのだろうか。それは葛原に、自分との将来をどう考えているのか——それを問う言葉も同じだった。

「葛原君、夢みたいなことばかり言ってた……。就職よりも今は大切なことがある。仲間が大学の不正をただそうと力をそそいでいる時に、自分だけ先のことを考えるなんてできない。四年になったとたん、社会体制がどうだとか、安保をどう考えるつもりだ、なんて口にするようにもなってた」

葛原の存在が学内の闘争に与えた影響は少なくなかった。けれどそれは、あくまで彼の写真を通してのことだった。直接彼が仲間の先頭に立ち、アジ演説をがなり、デモを組織していたわけではなかった。どちらかといえば、そんな仲間とは距離をおき、写真によって闘争の意味や社会の矛盾を引き出そうと試みていた。それは、ジャーナリスティックな視線そのものであり、カメラマンが本来目指すべき姿勢に思えた。

「葛原君がわからなくなって……。少し距離をおいてみようって私が言ったの。彼は納得してなかったけど……」

「いつからなんだ？」

「九月になってから。たいした荷物があったわけじゃないでしょ。だから私がアパートを飛び出して……ゼミにアッコってコがいるの知ってる？　彼女のところに――」

「本当にそれだけなのか」

デリカシーのかけらもない訊き方だった。せめて詰問《きつもん》口調にならないよう注意したつもりだったが、真希の顔は木洩《こも》れ陽をよけるように再びうつむいていった。

「迷っていたのは確かなの」

揺れる木洩れ陽が、二人の足元に水玉のような模様を描いては消えた。真希はひざの上を手で払いながら言った。

「私、北川君のように、カメラでずっと生きていけるなんて思ってなかった。ううん……それだとちょっと格好よすぎる言い方になる。正直に言えば、自信がなかった。だから、夏前から就職活動をしていて……。あるメーカーの宣伝部から内定をもらえたの。うちの学校の二年先輩が今、そこの部署で働いていて……その人から、いろいろと誘われていたのは事実なの」

北川は表情に出すまいと密《ひそ》かに奥歯を噛《か》んだ。その誘いとは当然、就職活動とはまた別の、個人的なものだったに違いない。

「それで、彼の態度もおかしくなって……」

彼女はまた大きく息を吸った。

「私のせいよね。それから彼、堰《せき》を切ったように運動へ肩入れを始めて。意見の合わない執行部の人たちと殴り合いをしたり、何だか無茶ばかりをするようになって……」

「待ってくれないか。就職活動を始めたのは、夏前からなんだよな。正確には、いつだ？」

「夏休みに入る少し前だったから、七月の十日ぐらいだけど」

葛原がアパートを訪ねて来たのは六月の中ごろだった。彼女が就職活動をする以前から、葛原は乱闘に加わる程度の深入りはしていたことになる。それを告げると、真希は半信半疑に頷《うなず》き返した。

「じゃあ、あの怪我《けが》は……」

「だから、君のせいだけとは思えないな。それと、あいつ——目を悪くしていたろ」

「目？」

「気づいてなかったのか」

心底不思議そうな目で見返された。

「あいつ、このごろカメラを手にしていなかったろ。サークルにも顔を出さなくなったって聞いた」

「研究会ではそうだったみたいだけど」

「君の前では撮ってたのか？」

真希はあっさりと頷いた。

「だって——葛原君の写真、見せられたから。八月に撮って来たばかりだって、どこかの田舎っぽい風景の写真を、何枚も」

八月に……。六月の乱闘事件からは、一ヶ月以上もあとになる。では、その直後から、急に視力が落ち始めたのか。

「別れてからも、いつだったか……渋谷の駅の近くで葛原君を見かけて。その時彼、歩きながら文庫を読んでた。だから別に目のほうは……」

本を読んでいた、それも文庫を？　しかも歩きながらとは、どういうことか。

いったん落ちた視力が回復していたのだろうか？　でなければ、北川の働いていたスタジオを訪ねて来た時の、不可解な転倒の理由がわからなかった。あれは十月だったか。真希と葛原が別れたのも、そのころになる……。

「自分を責めようっていうんじゃないの」

真希は短くした髪の襟元をかき上げると、あらたまるように正面を見た。

「でも、私の気持ちが変わらなければ、彼は事故になんか遭わなかったような気がして……。ねえ、北川君はどう思う？」

そうなのだろうか。葛原は、真希に別れを切り出されたために、運動へと深入りし、幻覚剤を使って女性と遊ぶような無茶をするようになったのか。それでは何か、浅はかで考えたらずの学生の転落を絵に描いたようではないか。

「あいつの葬儀には、行かなかったのか」

「どうして行ける？　だって私が葛原君を苦しめたのよ」

言うなり唇を噛んだ真希の目から、涙がひと粒こぼれ落ちて頬を伝った。

6

真希と別れると学食へ寄った。ドアに近い席に腰を落ち着け、彼女との会話を思い返しながらコーヒー一杯で昼食時を過ごした。学内で人を捜すには、学食でねばるに限る。

ここでも半年前の熱気と混乱は姿を消し、従順な学生の列が整然と席を埋めていた。一時間もすると、見知った顔がやっと一人現れた。報道写真研究会に所属する下級生だったはずだ。北川はカウンターへ並ぼうとした彼の横へ歩いた。

葛原のことで話を聞きたい。そう告げると、彼は迷惑そうな視線をわずかな頷《うなず》きで消し、下級生らしき神妙な顔に変えた。食事を奢《おご》ろうと言ったのだが、遠慮という不干渉を選び、コップの水を手に自ら窓際《まどぎわ》の席へ歩いた。

最近の葛原は研究会に出ていなかったと聞くが、何かあったんだろうか。切り出すと、彼は口元へ運びかけたコップを止めた。

「葛原さんには……実は、引退してもらったんです」

それがあの事故の遠因だったとでも言うように、彼の言葉も視線も低く落ちた。最初に見せた頑《かたく》なさは、遠慮からではなく、どちらかといえば自粛や自制に近いものだったのかもしれない。

「夏休みに入る前からでしたか。葛原さんの態度が急に変わって……」

「運動への肩入れか？」

「それもありました。よその大学で開かれる集会へカメラを持っての参加を呼びかけたり、警察や消防の無線を傍受して、夜中に事件の現場へ出かけたこともありました。

それ以外にも、撮影会の企画を一人で勝手に進めたり……」

「撮影会？」

「ええ。うちは名前のとおり、報道写真を研究する会ですから、本来はモデルを呼んでの撮影会なんて、あまりにも本筋から外れます。だのに、どういうわけなのか、突然撮影会を開くと言い出して。葛原さんの考えていることが理解できず、そのたびに僕ら下の者と気まずくなってしまい……。九月の頭ごろでしたか、先輩方に相談したところ、辞めてもらったほうがいいと——」

二時をすぎれば、サークルの全体会議があるので、四年生の何人かもここに来るはずだと彼は言い、堅苦しい一礼を残して仲間たちの席へ戻った。あとは同学年の者に訊《き》け、ということのようだった。

時間どおりに、戸村幹雄が学食に姿を見せた。葛原と中心になって会を運営していたメンバーの一人だった。手を上げて名前を呼ぶと、戸村は水の一杯も手にせず、北川のテーブルに歩いて来た。

「葛原のことだな」

互いの消息には一切触れず、単刀直入に話に入った。級友の死という現実を前には、近況を尋ね合うような社交辞令は絵空事に思える。つい先ほどまで同じ席で肩を落としていた後輩に負けない硬い顔つきで、彼は言った。

「俺たち四年は就職活動があるからな。どうしても夏以降は引退同然になる。葛原だけが何か躍起になって会を引っ張ろうとしてたな。それが裏目に出たようだ」

「あいつ、就職活動は？」

「していたようには見えなかったな」

「就職する気はなかったわけか」

「大学側との決着がつくまでは残るつもりだったのかもしれない」

「執行部に参加するようになった理由は、何か聞いているか」

「四年になって突然だからな。就職活動を始めた俺らに、かなりきつい口調で批判めいたことも言ってたよ。けど……俺らからすれば、政治や運動を理由に、まだ好き勝手をやりたがっているようにも見えた。腹を据えているのかどうかは疑わしかった。

何しろモデルを呼んでの撮影会だからな」

信じられるか、と問いたげな視線をぶつけられた。壁新聞に掲載された葛原の写真とは、あまりにもかけ離れている。

「長峰と別れたってことは聞いたか」

「自業自得《じごうじとく》だ」

怒りが語調ににじんで聞こえた。

「女ともずいぶん遊んでたみたいだからな。あれじゃあ、いつかは彼女の耳にも入る」

「女と遊んでた——？」

真希は一言もそんな愚痴をこぼさなかった。それどころか、自分に原因がある、とさえ口にしていた。単に惨《みじ》めな愚痴を北川相手にこぼしたくなかったのだろうか。

「撮影会のモデルってのも、どこかの飲み屋の女だったって話だ。実家からの仕送りも、すべて酒と女に使ってたらしい。授業料も未納だったとかいうしな」

運動に深入りしながら、裏では女性と遊び回っていたというのか。しかもその時はまだ、長峰真希とも暮らしていた——。

「何だかあいつ、無理して遊んでいるように見えたよ。俺は大人なんだって、誰かに見せつけてやりたがってたみたいだった」

「葛原、目を悪くしていたようには見えなかったか」

「そうか。おまえも気づいてたか」

戸村は長い顔をなで上げて言った。わずかに首をひねるようにして視線を戻した。

「撮影会を企画したかと思ったら、急に自分じゃカメラを持とうとしなくなった。無理に後輩たちを巻き込もうとしたのも、目が悪くなって、写真への焦《あせ》りが出てきたからだろうか、そうも思ってたんだ」

「ところが、長峰に言わせると、目を悪くしていたとは思えなかったそうだ」

真希から聞いた話をありのままに伝えた。戸村は組み合わせた両手の上にあごをのせると、頼りなげに頷き返した。

「どういうことだろうな……。たとえ目が悪くなってたにしても、眼鏡さえかければ写真は撮り続けられる。だから、何をあんなに焦ってたのか、不思議で仕方がなかったのは事実なんだ」

焦り——。
戸村の口にしたその一言は、北川に共感とほろ苦さを呼び起こした。焦り。それは北川の胸にも深く根を広げつつある。いや、それは就職活動をしているはずの戸村にも、真希にもあったろう。二十歳を超え、法律上は大人と見なされながら、学生という猶予《ゆうよ》期間にあるため、責任からは放擲《ほうてき》される身。気軽でぬるま湯に似た執行猶予が、まもなく終わろうとしている。大学に見切りをつけながら、まだ退学届けを出せずにいるのは、田舎の家族への言い訳と同時に、社会へ出る踏ん切りがつけられずにいる証《あかし》でしかなかった。

真希自身も、カメラで生きていく信念がぐらつき、焦りを抱えながら就職活動を進めていたに違いない。同じように葛原も、彼なりの焦りを間違いなく抱えていたろう。ある種の焦りから、彼は闘争へと傾斜し、サークルの後輩たちを煽動《せんどう》し、女性との遊びにも深入りするようになった。そのあげくが今回の事故を呼んだ。そんな見方はできた。

ただ、「焦り」という一言では説明のつきにくい矛盾も、彼の死の背後には感じられる。その一例が、葛原の視力の低下だった。北川と戸村たち会のメンバーが、その事実に気づきながら、生活をともにしていた真希になぜ気づけなかったのか。それほどに、二人の仲が冷えていた証拠なのか。しかし、葛原は文庫の小さな文字を読める程度の視力はあったし、だから眼鏡さえかければカメラに向かえたはずだ。真希にだけは写真を見せてもいる。

では、なぜ彼女以外の前では、カメラを手にしなくなったのか。さらには北川の名前を添えて残されていたというローライフレックスの存在もある。まるで死を予期していたかのように――。葛原の抱えていた焦りの全容は、北川にはうかがい知れなかった。誰にわかるものでもないのかもしれない。

大学を出ると、その足で事故現場に近い警察署へ向かった。学生証を見せ、事故死した男性と同級生なのだと力説したが、事故についての詳しい説明はすでに家族に話しているとして、一切答えてくれなかった。同乗していた女性についても情報は得られなかった。ただでさえ娘を失い悲しんでいる家族に迷惑をかけるわけにはいかない、という配慮もあるのだろう。

新聞記事にあった女性の住所を訪ねてもみたが、すでに空き部屋になっていた。大家に実家の住所を尋ねたが、ここでも激しい拒絶にあった。仲介した不動産屋も同じだった。しつこくアパートの周辺にとどまり、帰宅した住人を呼び止めて話を聞いたが、葛原らしき男が訪ねて来た現場を見た者はいなかった。そもそも坂根美由紀は部屋を空けがちにしており、ろくに挨拶《あいさつ》すら交わしたことがないと言われた。奇抜な服装を好み、どこか近寄りがたい雰囲気を持つ女性だったという話も聞けた。葛原との仲についてはわからなかった。

駅前へ戻り、電話ボックスを探した。深く息を吸い、悔やみの言葉を用意してから、番号案内で調べた葛原の実家に電話を入れた。

長い呼び出し音のあとで、受話器が取り上げられ、女性の弱々しい声が「葛原です」と答えた。その震え具合に胸を打たれ、北川の声も小さくなった。

「北川浩二と言います。このたびは……」

ご愁傷様です、と先を続けようとした北川をさえぎり、急に女性の声が大きくなった。

「ああ……北川さん。うちの息子が大変お世話になったようで……」

「いえ、僕は何も……」

わざわざお電話をありがとうございます。葛原の母親は、電話口で何度も礼の言葉をくり返した。最近は大学から離れており、事故の報を知らず、葬儀にも参列できずに申し訳ありませんでした。北川が詫《わ》びると、母親はあふれそうになる言葉をいったん押し戻すような沈黙のあと、口惜《くや》しげに声を押し出した。

「こんなことになるなら……東京へなんか……」

あとは言葉にならなかった。電話口で声を詰まらせる母親に、事故の詳しい話を訊けはしなかった。

「少し遅れてしまいましたが、せめてお焼香にうかがわせてもらえればと思い、今日は電話をさせていただきました」

「ありがとうございます……」

いつでもお越しください。その一言を聞くまでに長い時間が必要だった。

その夜、北川は考えた末に、大学の中庭で長峰真希から聞いた彼女の居候《いそうろう》先に電話を入れた。

「あいつの実家に電話をしたんだ。よかったら、一緒に線香をあげに行かないか」

しばらく返事はなかった。互いの呼吸を聞き、二人して黙り合っていた。やがて、かすれがちの声が耳に届いた。

「いつ行くの？」

「できれば早いうちにと思ってる」

「そうね。――私も行かないとね」

7

約束の時間より十五分も早く上野駅に到着すると、すでに真希は北風の吹きつけるホームのベンチで待っていた。グレーの地味なスーツに黒いコート姿だった。小旅行には違いなかったが、やけに大きなバッグを抱えるように持っていた。

北川はスーツなどないので、シャツに黒いセーターという軽装だった。真希は、北川が肩に下げたカメラバッグに目を留め、驚いたように目を見張った。

「カメラを持って来たの？」

葛原から贈られたローライフレックス2・8Fが入っていた。

「このカメラで、あいつが生まれ育った町を撮《うつ》してやりたくなった」

ただの青臭い感傷かもしれない。けれど、そうしなければ、この先二度とローライを使えない気がした。自分の名前が添えられていたからには、このカメラを大事に使ってくれ、との願いが込められているはずだった。今日のためにブローニーのフィルムも用意し、昨夜はスタジオで撮影の手順をおさらいし、準備を重ねてきた。

ローライフレックスを取り出して見せると、真希の目に涙がにじみ、それを悟らせまいと彼女は北風から顔を背けるように横を向いた。今この瞬間の真希の涙をまず何より撮っておきたい心境に駆り立てられたが、年の瀬が近づきごった返す駅のホームで強引にレンズを向けるわけにもいかず、ローライをそっとバッグに戻した。

特急列車の座席へ場所を移しても、二人の話は弾まなかった。先日、大学の裏庭で交わさなかった互いの近況を伝え合うと、それでもう会話は途切れた。上田駅で各駅停車に乗り換えるまで、まだ先は長い。二人とも葛原の話題を避けていたが、それも長くは続かなかった。

北川は踏ん切りをつけ、あれからのことを伝えた。報道写真研究会のメンバーから話を聞き、葛原が実は夏前から女性と遊んでいたらしいことを。

「本当に？」

真希はそれきり言葉を失った。やはり彼女は知らなかった。自分の心変わりから、女と遊ぶようになったものと思い込んでいたのだ。先に裏切られていたかもしれないと知れば、その衝撃は少なくなかったろう。

「疑いもしなかったのか？」

北川がどう尋ねても、彼女は薄く紅を引いた唇を真一文字に引き結び、車窓からの眺めに目をやり続けた。ただでさえ重かった彼女の口は、それきり固く閉ざされた。

列車が軽井沢の駅をすぎたところで、真希がようやく顔を戻した。

「いつだったか私、葛原君に相談したことがある……。北川君は、どう？」

まるでその時を懐《なつ》かしむように、真希の目は遠くを見ていた。

「写真を仕事にしたら、自分の歩いて来た道が、すべてフィルムに焼き付けられていつまでも残るでしょ。それって、何だか怖くない？」

ひざの上に置いたカメラバッグへ目を落としてから、北川は告げた。

「正直言えば、怖いと思ったことは何度もある。いや、まだ学生の身の自分が、そんなことを言うなんて早すぎるのかもしれない。でも、仲間が撮った素晴らしい写真を見せつけられると、下宿に帰ってから、何度自分のネガを焼き捨てたくなったかわからない」

「そうよね。私もそうなの。だから、会社に入って広告の仕事をしよう、人の写真なら冷静に見られる、そう思うようになったの」

「葛原は何て言ってた？」

口元に温かみを感じさせる微笑が浮かんだ。

「怖いから、素晴らしいんだって。足跡がハッキリと残るから、決して人任せにせず、全力で仕事に向かえそうな気がするって。写真はただ物を撮すんじゃなく、そこに自分を表現するものなんだって……。足跡がすべて見えるなんて、身震いするほど嬉《うれ》しいことじゃないかって」

「あいつの写真、残ってるかな」

こくりと頭が垂れたあと、真希はゆっくりと網棚を見上げた。

「好きだったから、葛原君の写真。だから、何枚も持って部屋を出たんだ。今日はありったけ、持って来た。あの写真を持ってるべきなのは、私じゃないものね」

内定をもらったという就職先の先輩から誘われながら、彼女は心を決めたわけではなかったのだ。だからこそ、葛原からもらった写真を持って部屋を出た。ところが、戸村たちに言わせると、彼女が迷うより先に、葛原は酒と女に迷っていたように見えたという。

初めて葛原への怒りを覚えた。勝手な男だ。周囲をさんざん引っかき回しておきながら、一人で勝手に死んでしまった。運転していたのは坂根美由紀という女性だったが、そんな状況を作り上げたのは、葛原に違いない。そう思えてならなかった。

上田駅で特急を降り、各駅停車を待った。遠く連なる山並みは、早くも白い雪の帽子をかぶっている。二人の吐く息も白かった。東京より五度近く気温は低くなっているだろうか。

昨夜、葛原の実家に電話を入れると、母親は電話口で再び礼の言葉をくり返し、駅まで迎えに行くと言って聞かなかった。それを丁重に辞退し、やんわりとなだめ、実家までの道順を聞き出してあった。

各駅停車に乗り換えると、北川はバッグからローライを取り出し、町の風景をいつでも切り取れるように準備を始めた。窓の外に枯れた田園風景が広がり、冬支度の色が次第に濃くなっていく。

十五分もすると、教えられた駅に到着した。短いホームの中央に板壁の待合所が作られているだけの小さな駅だった。昼前とあってか、列車を降りる人は数えるほどしかいない。改札に歩きかけると、後ろで「あっ」という声が弾《はじ》けた。

真希が動き出した列車を見送り、茫然《ぼうぜん》と立ちつくしていた。横顔をのぞき込むと、信じられないものでも目にしたように、盛んに瞬《まばた》きをくり返している。

「どうした？」

「見たことある、この景色……」

真希は揺れる眼差《まなざ》しで、ゆっくりと田舎の小さな駅を見回した。

「やっぱりそうだ……。季節が違うけど、あの時の写真の中にあった風景とそっくり」

「葛原が撮った写真か？」

「絶対に、そう。最後に見せてもらったあの人の写真……」

八月に撮って来たばかりだという写真を彼女は見せられた、と言っていた。その中に、この駅の風景があったようだ。

「その時の写真は？」

彼女のバッグに目を落として訊《き》くと、短い髪が振られた。

「正直言って、あまり興味を持てなかったから……。どちらかというと葛原君の写真のよさって、風景にはあまり出なかったでしょ。そうは思わない？」

賛成だ。葛原の写真のよさは、その切り口にあった。集会やデモにローライを持って参加し、二眼レフを効果的に使った独特のローアングルから鮮やかに緊迫の一瞬を切り取ってみせた。報道写真研究会でも、硬派な題材に取り組んでいたはずで、彼の撮った風景写真はあまり見た記憶がない。

ところがその一方で、研究会ではモデルを使った撮影会を強行していたとも聞く。いずれ近づく就職の時に備え、題材の幅を広げようとしたのだろうか。

改札を抜けると、軒の低い商店に囲われた狭いロータリーになっていた。バスを待つ間に、ローライフレックスのシャッターを何枚か切った。木造の古びた駅舎、ペンキが剝《は》がれて錆《さび》の浮いたバス停、間近に迫る山並み。ふたつのレンズを向けようとすると、真希はそれとなく顔をそらした。

バスは時刻表どおりに駅を出発した。十分も走ると、畑に挟まれた細い田舎道に出た。真希は先ほどから、車窓をよぎる景色に目を奪われているように見える。

七つ目の停留場でバスを降りた。左手の山並みの裾《すそ》に向け、収穫を終えた田圃《たんぼ》と畦《あぜ》が続いていた。その小道の先に、葛原家はあった。

背の高い生け垣に囲われた古い日本家屋だった。平屋作りだというのに、見るからに重そうな瓦《かわら》を載せた屋根の背が高い。納屋《なや》らしきトタンの屋根が生け垣にそって続き、その下には土に汚れた耕耘機《こううんき》とライトバンが停まっていた。敷石の両側に広がる庭は、北川の住むアパートが軽く五、六軒は並びそうな広さがあった。これほど大きな家だとは予想もしていなかった。

門の前で動けずにいる真希をうながし、玄関へ歩いた。どこからか鶏の鳴き声が聞こえた。玄関先には青いビニールホースが丸められ、ひと抱えもある陶製の植木鉢がずらりと並び、盆栽の棚が作られていた。

声をかけると、中から返事があった。弾むような素早さで、小さな老婆《ろうば》が扉を開けて出て来た。老婆ではなかった。半泣きになり、顔をしわくちゃにした五十年配の女性だった。その人が、葛原幸也の母だった。

彼女は額がひざがしらについてしまいそうなほどに、深く頭を下げた。

「こんな田舎まで、よく来てくださいました。さあさあ、どうぞ、上がってください」

よく磨かれた長い廊下を歩き、居間らしき和室に通された。香の匂いが漂っている。入ってすぐ右手に白木の段が作られ、白い布に包まれた四角い箱が置いてあった。その手前には葛原の写真と位牌《いはい》が並び、白菊と果物の籠《かご》が供えられていた。

真希は敷居を越えたところで立ったまま、しばらくは写真の葛原に見入っていた。証明写真のように、見たこともない生真面目《きまじめ》な顔がそこにはあった。胸に去来するものは少なくなかったろうが、彼女は涙をこぼさなかった。冷静に事実を受け止め、やがてその場にひざまずいた。

彼女に先を譲り、北川は後ろへ下がった。折り目正しく礼を返し、真希は膝《ひざ》を突いたまま遺骨の前へ近づいた。

彼女が瞑目《めいもく》して手を合わせていると、廊下の奥から男性の唸《うな》るような声が聞こえた。今行きますよ。母親が素早く立ち上がり、すいませんねと言葉を残して廊下を駆けて行った。

しばらくすると、母親が肩を貸すような格好で、五十年配の男性が壁に手をつきながら、よろよろと居間に姿を現した。

「遠いところをよく来てくださいました。ちょっと腰を悪くしていまして、こんな格好で申し訳ない」

妻の助けを借り、男は卓の前に腰を落とした。あらためて北川たちに髪の薄くなった頭を深く下げた。そう言えば、父親が入院したとの理由で、葛原は田舎に帰っていたと聞いた覚えがある。あれは、単なる言い訳ではなく、事実でもあったようだった。

北川も手を合わせ、葛原の冥福《めいふく》を祈った。なぜローライを俺に残したのだ、と問いかけたが、もちろん答えは返ってこない。

「お二人とも息子とは……」

父親がひざをさすりながら訊いてきた。

「同じ写真学科の友人でした。葛原君の撮る写真は学内でも評判で、僕らはいつも悔しい思いをさせられてました」

「どれだけいい写真を撮ってようと、死んでしまえば何にもならん」

「お父さん……」

母親が横からたしなめるように言った。死んでも彼の写真は残る。そんなありきたりの慰めは口にできなかった。

「あの――」

事故の様子をどう尋ねたらいいものか、北川が口ごもっていると、真希が先に言った。

「幸也さんが、八月にこちらへ戻られた時に撮した写真があったと思うんですが。それを見せてはいただけないでしょうか」

唐突な願い事に、葛原の両親は戸惑いを隠しきれず互いの顔を見合わせた。

「お願いします。もう一度、彼の写真を見ておきたいんです」

「それは、かまいませんが……」

「お願いします」

真希は卓の前から下がったかと思うと、畳に額を押しつけるようにして頭を下げた。お顔を上げてください。父親が慌《あわ》てて呼びかけたが、真希は姿勢を変えなかった。見かねたように母親が素早く立ち上がった。

「ちょっとお待ちください」

ようやく真希は顔を上げると、丁寧に礼を返した。それから毅然《きぜん》と背筋を伸ばし、質問を寄せつけまいとするような態度で目を閉じた。声もかけられずに、北川も黙って写真の到着を待った。

やがて、母親がスーツを入れるような段ボール箱をふたつ抱え、小走りに戻って来た。

「あの子の部屋にあった写真は、すべてここに……」

ふたつの箱を開けた。葛原幸也の切り取った光景が、そこにはぎっしりと詰まっていた。カラーにモノクロ、キャビネに四つ切り。ローライの6×6判という正方形に切り取られたいくつもの一瞬が、時を折り重ねるように収められていた。何枚あるのだろうか。真希が手を伸ばし、写真を分けた。入学後まもなく課題に出された、例の自画像も見つかった。

二つ目の箱の底から、四つ切りの収められそうな茶封筒が見つかった。真希はそれをつかむと、封を裂くような勢いで、中の写真を引き出した。

カラーのキャビネ判だった。とはいえ、6×6の画面なので、下部に白い余白がある。

最初の一枚は、駅の風景だった。まだ早朝なのか空は蒼暗《あおぐら》く、山の稜線《りょうせん》が光を放つように輝いている。手前に見える待合所には、籐《とう》製の籠を前に置いた老婆が一人、朝一番の列車を待ちながら煙草《たばこ》をのんでいた。行商に都会へ向かうのだろう。夜も明けきらぬ早朝から出かけるとは、東京へ出るのか。きっと彼女はそうやって子供たちを育ててきたのだ。老婆の人生が、写真の奥から漂ってきそうな雰囲気を持つ一枚だった。

間違いなかった。つい今し方、北川たちが降り立った駅の風景だった。

真希の手が写真をめくった。一枚一枚を卓の上に並べていく。農村の暮らしを物語る風景が次々と現れた。緑の稲穂の波に囲まれ、汗をふく老女。畦道で車座になって弁当を広げる若者たち。夕暮れの畑で野焼きをし、その前で秋の収穫への祈りを捧《さき》げるようなポーズの男。

北川の知る葛原の写真とは、一線を画していた。たとえるなら、それらはジャン・フランソワ・ミレーの絵の写真版と言えそうだった。「晩鐘」「落穂拾い」「種蒔《ま》く人」など、ミレーは農村の日常を好んで描いた。そこには、平凡な日々を肯定する温かな眼差しがあった。葛原の写真からも、それに似た思いが伝わってくる。

彼がこんな写真を撮っていたとは知らなかった。広げられた写真はすべて、この実家の周囲の景色に思える。

一枚の写真の上に、涙の滴《しずく》が落ちた。真希が片手で口元を覆《おお》い、嗚咽《おえつ》を呑《の》んだ。

「葛原君……生まれ育った村を私に見せようと……なのに、私は……」

歯嚙《はが》みするように声が途切れた。成りゆきに驚きを隠せず、両親は彼女を見つめている。

「幸也が……あなたに……」

「はい。それなのに……私は、こんな暮らしはいやね、って。彼の気持ちなんか、何も知らず……」

「失礼ですが」

北川は葛原の両親に向き直って訊いた。

「お父さんが入院をなさったのは、六月ごろでしたよね」

「ええ……。何があったのか、あの子は顔をひどく腫《は》らして帰って来て……。四年だけでいいから自由をくれ、なんて言うから、東京へやったんだけど、こんなことになるなら、東京へなんかは……」

「それは違いますよ」

北川はこらえきれずロにしていた。

「葛原は帰るつもりだったんですよ。だから、故郷の写真を撮って、ここにいる長峰さんに――」

葛原の思いが、この写真を目にして初めて理解できていた。あいつは両親との約束を守り、四年たったら実家へ――この村へ――帰るつもりだった。

「じゃあ、ここにある写真は……」

母親がためらいがちに手を伸ばし、野焼きの一枚を取り上げた。

おそらくは、東京へ出てしまえば、なし崩しにカメラマンへの道も開ける、と最初は考えていたのだろう。けれど、父親の入院を聞き、葛原は決断を迫られた。写真はどこにいても撮れる。そう彼は考え、新たな題材を自分の生まれ育った村で必死になって探そうとした。その試行錯誤が、ここにある写真になった。

同時にそれは、真希の心を探る意図も秘めていた。一緒にこの村で暮らせないだろうか。その思いを込め、彼女だけに写真を見せたのだ。

「私……ひどいことを、葛原君に」

真希が肩を震わせ、顔を伏せた。だからあいつは、女と遊ぶようになった。その噂《うわさ》が広まれば、彼女に負担をかけずに別れる理由ができる。ところが、彼の計算とは違い、彼女のほうから別れを切り出してきた。

「そうですか……あの子は帰って来てくれるつもりで」

母親が節くれ立った指先で、愛《いと》おしげに写真の表をなであげた。

「それならそうと、言ってくれればよかったものを……」

あいつは、誰の前でも素直になれない男だった。だから、田舎へ帰るとは言えずに、視力が落ちたように振る舞ったのだ。目を悪くしてしまい、カメラをあきらめるしかなくなった。理由を繕えば、彼自身のプライドは保たれる。

運動への急な傾斜も、せめて卒業までに何かの決着を大学生活に残しておきたかったせいなのかもしれない。北川にローライを託したのも、田舎へ帰る自分の代わりにカメラマンとして活躍してくれ、という彼の切なる願いだったのではないか。

あの事故は、自殺などではなかった。結果として、自殺行為につながっただけだ。

葛原幸也はカメラを続けたかった。長峰真希と一緒に暮らしたかった。けれども、田舎へ帰る道を選んだ。その決意を、ここにある写真が語っていた。

「こんな写真を撮りやがって……」

父親が額に深い皺《しわ》を寄せ、口惜《くや》しげに拳《こぶし》をひざにたたきつけた。

「お父さん――」

諫《いさ》めるような母親の言葉と真希の視線を受け止め、父親は写真を強く握り締めた。

「だって、そうじゃねえか。こんな綺麗《きれい》な写真ばかり撮りやがって……。農家の仕事は、こんな綺麗な、絵はがきみたいな毎日じゃねえだろ？　なのに、あいつは……」

それは真希の目を意識していたからなのだ。少しでも、田舎暮らしのよさを伝えたいと思い、葛原はより綺麗な、一枚の絵のような写真を心がけた。その下心と作為的な作風が、彼女の興味を引きつけなかったとの見方はできた。もっと切実な、農村の問題を正面から見つめた写真だったなら……。だが、その結果は、真希に尋ねてみたところでわからなかったかもしれない。

「……あいつは馬鹿《ばか》だよ。こんな甘い写真なんか撮りやがって……青二才の甘い馬鹿な息子だった……」

涙を押しつぶすようにして声を吐き、父親は写真から顔を背けて唇をすぼめた。隣で母親が、顔を覆ってすすり上げた。真希も涙をこらえているようだった。

また庭のほうから、鶏の鳴き声が聞こえてきた。


駅前でバスを降りると、頬に当たる風がひときわ冷たく感じられた。学生服の一団が飛び跳ねるように駅前の横断歩道を駆け抜けて行った。

真希は両親に願い出て、葛原が最後に撮した写真の何枚かを譲り受けた。代わりに東京での生活を撮した、それまでの写真を手渡した。あの夫婦は今ごろ、葛原の残した写真を見ながら何を思っているのだろうか。写真の中で成長を止めた息子の姿を、この先幾度目にするのだろうか。

時刻表を見上げると、次の列車まではまだ三十分近くもの時間があった。北川は、真希を誰もいないホームへ誘った。

「一枚ここで撮らせてくれないか。このカメラで君の姿を撮っておきたくなった」

真希は写真の入ったバッグを抱えたまま、思いを振り切るように頷《うなず》き返した。

西の空が夕陽に染まり始めていた。雪をまとった山が青紫に沈み、空の茜《あかね》と好対照を描いている。空気がしんと澄み渡り、山々が間近に迫って見えた。真希は寒さに肩をすくめた。

ローライフレックスを構え、ファインダーをのぞいた。

今にも泣き出しそうな顔で、北川に笑ってみせた。

「北川君、このまま大学を辞めるの」

「どうかな、まだ決めてはいない」

「北川君なら大丈夫だよ。葛原君も言ってたもの。あいつならどこでも通用するって――。私も応援してる」

大学の写真学科を出たところで、卒業証書は手にできても、カメラマンとしての資格を得られるわけではない。カメラマンとして生きていけるかどうかは、写真の上に写る自分をどれだけ直視できるかにかかっていそうな気がした。

夕暮れの背景を生かすために、絞りを十一にシャッタースピードを遅めにセットした。ボディ脇のノブを調節してピントを合わせ、シャッターを切った。

「もう一枚」

声をかけて素早くフィルムを巻いた。いつのまにか最後の一枚になっていた。そう――。いずれ北川自身にも、人生のフィルムを巻き戻す時がやってくる。まだ遠い先かもしれないが、その時になって過去のアルバムを眺めながら、後悔に胸をふさがれたくはなかった。誰に見せても恥ずかしくない仕事を残しておきたい。

ファインダーをのぞいた。ピントレンズの中で、真希が精一杯の笑顔を作っている。

いい写真になる。予感に指先がわずかに震え、北川は呼吸を整え直した。真希がバッグを胸に抱いた。そこには、彼女と葛原にとっての卒業写真が収められている。

北川も今、大学生活に別れを告げる——シャッターを切った。

《参考文献》

『商品写真の撮り方』　薄久夫　理工学社
『写真家のコンタクト探検』　松本徳彦　平凡社
『クラシックカメラ雑学ノート』　佐々木果　ダイヤモンド社
その他、新聞、雑誌等の記事を参考にさせていただきました。
また、作中の写真で、桑原史成氏の作品を参考にさせていただいたものがありますが、
この小説はフィクションであり、氏の作品とは関係ありません。

あとがき

（本作のストーリーに触れています。本文のほうを先にお読みいただければ幸いです）

なぜ第五章から物語が始まるのか。そういう質問が予想していた以上に多かったので、少し補足をしておきます。

この小説は、五十歳になったカメラマンを主人公にして、アルバムをさかのぼっていくように彼の人生の中で転機となった五つのシーンが、時間軸とは逆に描かれていく構成を取っています。

一カメラマンの人生の転機を描いていくのなら、正攻法に若い時代から今へとステップアップしていったほうがいいのではないか。そのほうが自然で、さかのぼるのは単に奇をてらった手法にすぎない。そういう見方もあるでしょう。

しかし、実はこの小説、すべて〝今〟を描いているのです。

と書いてしまうと、疑問を抱く方もいるかと思います。各章ごとに舞台となった年代を特定する出来事が書いてあり、その時代の思い出をつづっている以上、今の物語であるはずはない、と。

確かに第四章から第一章までは、主人公の思い出になっています。しかし、それらの過去を振り返っているのはいつなのか、が問題になってくるのです。言い換えるなら、さかのぼっているのは、あくまで喜多川光司《きたがわこうじ》というカメラマンの主人公が自分の撮《うつ》してきた写真を振り返って今を確認しているから、にほかならないのです。

さらに、その転機となる物語のすべてには、妻がいます。

と、ここでまた疑問が浮かぶことでしょう。第二章と第一章には、妻が登場していないではないか、と。

実は第二章にも妻は登場しています。ラストで飛行機の隣の席に乗り合わせたライカM2の女性が、あえて名前は出してありませんが、喜美子なのです。

その伏線として、喜美子がかつて教師をしていた事実を何度か紹介してあります。また作者としては、読者の知らない勝手な物語も考えていました。それは、喜多川のペンネームの「喜」と、喜美子の「喜」の字です。席を隣り合わせて名前を教え合えば、同じ字の偶然から話が弾んでいったケースも考えられる。第二章はちょうど喜多川のペンネームに由来する話にもなっています。しかし、そこまですべて短編の中で書いてしまうのは説明過剰になる恐れもあって、控えることにしました。

そして最後の第一章は、機中で彼女の質問に答えて、喜多川が昔話を披露した、その物語になっています。つまり、やがて妻となる女性に語った思い出話なのです。五編の物語がすべて妻との人生を振り返る光景だと言っていいでしょう。

冒頭の第五章――つまり〝今〟に当たる物語――で主人公は自分の歩んできた道を振り返るため、過去に撮ってきた写真を見返します。第四章から第一章は、その時に振り返った光景なのです。しかも、その転機となる光景は、すべて妻との思い出にもつながっていた。そう気づいたから、彼は第五章のラストで自分の写真（遺影とするための写真）を妻に撮ってもらおうとします。自分という男を最も知っている伴侶《はんりょ》に。すれ違いや反目があっても、一緒に人生を歩んできたと言える妻に。

すべての物語は、ストロボのように〝今〟の主人公と妻を照らしていく。カメラマンのスタートを決意する第一章までさかのぼり、最後はまた今へと――第五章のラストへと通じていく。この物語を第一章から描いていったのでは、成立しえない話になっているのです。

また、それぞれ五つのシーンには、必ずある種の謎《なぞ》を設定してみました。ただし、何かが消えたとか、怪しい人物は何者なのかとかいう、誰が見てもわかりやすい謎ではありません。人が生きていく中で、殺人や摩訶《まか》不思議な出来事に遭遇する確率はほとんどないでしょう。しかし、あとになって振り返ってみると、不可解に見えた人の行動にもそれなりの理由があった、とわかってくることはあります。さらには、その行動の裏から、その人の隠された本心が見えてくるケースも。

見方を変えれば、そういう状況は充分にミステリとして成立するのではないか。いや、最も身近で自然な、無理のないミステリになるのではないか。

死期を迎えた女性が、遺影を撮ってもらいたいと言ってきた理由。不器用なアシスタントが小火《ぼや》を起こし、自殺を図った本当のわけ。上昇志向の女性カメラマンが男を次々に変えていった真意はどこにあったか。女癖の悪いカメラマンがなぜ女性を撮らなくなったのか……。日常の小さな謎にすぎずとも、その謎が解けた時、人の印象ががらりと違って見えてくる。個人的には、ミステリの骨格を強く意識して書いた五編でした。

小説はどう読まれてもいいものです。ここに書いたのは、あくまで作者が描いた設計図の一部にすぎず、あとは読者が完成させるものなのだと思います。

読者の皆様に楽しんでいただけたなら幸いです。

二〇〇三年二月

真保裕一

この作品は二〇〇〇年四月新潮社より刊行された。

有栖川有栖ほか著
大密室
緻密な論理で構築された密室という名の魔空間にミステリ界をリードする八人の若手作家と一人の評論家が挑む。驚愕のアンソロジー。

内田康夫著
幸福の手紙
「不幸の手紙」が発端だった。手紙をもらった典子の周辺で、その後奇怪な殺人事件が発生。事件の鍵となる北海道へ浅見光彦は急いだ！

内田康夫著
皇女の霊柩
東京と木曾の殺人事件を結ぶ、悲劇の皇女和宮の柩。その発掘が呪いの封印を解いたのか。血に染まる木曾路に浅見光彦が謎を追う。

宇月原晴明著
信長 あるいは戴冠せるアンドロギュヌス
魔性の覇王・信長の奇怪な行動に潜む血の刻印。秘められたる口伝にいわく、両性具有と……。日本ファンタジーノベル大賞受賞作。

逢坂 剛著
熱き血の誇り（上・下）
白濁した内臓、戦国哀話、追われるフラメンコ歌手、謎の新興宗教。そして、静岡、スペイン、北朝鮮……。すべてを一本の線が結ぶ超大作。

小野不由美著
屍鬼（一～五）
「村は死によって包囲されている」。一人、また一人、相次ぐ葬送。殺人か、疫病か、それとも……。超弩級の恐怖が音もなく忍び寄る。

恩田陸著

六番目の小夜子

ツムラサヨコ。奇妙なゲームが受け継がれる高校に、謎めいた生徒が転校してきた。青春のきらめきを放つ、伝説のモダン・ホラー。

恩田陸著

不安な童話

遠い昔、海辺で起きた惨劇。私を襲う他人の記憶は、果たして殺された彼女のものなのか。知らなければよかった現実、新たな悲劇。

大沢在昌著

らんぼう

検挙率トップも被疑者受傷率120％。こんな刑事にはゼッタイ捕まりたくない！　キレやすく凶暴な史上最悪コンビが暴走する10篇。

北方謙三著

冬こそ獣は走る

「自殺するみたいな走り方が、面白い？」深夜の高速を疾駆する、若き設計技師の暗い過去。男の野性を解き放つハードボイルド長編。

北方謙三著

棒の哀しみ

棒っきれのようにしか生きられないやくざ者には、やくざ者にしかわからない哀しみがある……。北方ハードボイルドの新境地。

菊地秀行著

死愁記

雨の降り続く町、蠟燭の灯るホテル――。世界の薄皮を一枚めくれば、妖しき者どもが姿を現す。恐怖、そして哀切。幻想ホラー集。

桐野夏生著

ジオラマ

あたりまえのように思えた日常は、一瞬で、あっけなく崩壊する。あなたの心も、変わってゆく。ゆれ動く世界に捧げられた短編集。

黒川博行著

疫病神

建設コンサルタントと現役ヤクザが、産廃処理場の巨大な利権をめぐる闇の構図に挑んだ。欲望と暴力の世界を描き切る圧倒的長編！

斎藤綾子著

愛より速く

肉体の快楽がすべてだった。売り、ＳＭ、乱交、同性愛……女子大生が極めたエロスの王道。時代を軽やかに突きぬけたラブ＆ポップ。

佐藤賢一著

双頭の鷲（上・下）

英国との百年戦争で劣勢に陥ったフランスを救うは、ベルトラン・デュ・ゲクラン。傭兵隊長から大元帥となった男の、痛快な一代記。

志水辰夫著

情事

愛人との情事を愉しみつつ、妻の身体にも没入する男。一片の疑惑を胸に、都市と田園を行き来する、性愛の二重生活の行方は——。

志水辰夫著

暗夜

弟の死の謎を探るうち、金の匂いを嗅ぎ当てた。日中両国を巻き込む危険なゲームの中で、男は——。志水辰夫の新境地、漆黒の小説。

髙村　薫著
神の火（上・下）

苛烈極まる諜報戦が沸点に達した時、破天荒な原発襲撃計画が動きだした――スパイ小説と危機小説の見事な融合！　衝撃の新版。

髙村　薫著
リヴィエラを撃て（上・下）
日本推理作家協会賞／日本冒険小説協会大賞受賞

元IRAの青年はなぜ東京で殺されたのか？白髪の東洋人スパイ《リヴィエラ》とは何者か？　日本が生んだ国際諜報小説の最高傑作。

天童荒太著
孤独の歌声
日本推理サスペンス大賞優秀作

さぁ、さぁ、よく見て。ぼくは、次に、どこを刺すと思う？　孤独を抱える男と女のせつない愛と暴力が渦巻く戦慄のサイコホラー。

貫井徳郎著
迷宮遡行

妻が、置き手紙を残し失踪した。かすかな手がかりをつなぎ合わせ、迫水は行方を追う。サスペンスに満ちた本格ミステリーの興奮。

帚木蓬生著
ヒトラーの防具（上・下）

日本からナチスドイツへ贈られていた剣道の防具。この意外な贈り物の陰には、戦争に運命を弄ばれた男の驚くべき人生があった！

帚木蓬生著
逃亡（上・下）
柴田錬三郎賞受賞

戦争中は憲兵として国に尽くし、敗戦後は戦犯として国に追われる。彼の戦争は終わっていなかった――。「国家と個人」を問う意欲作。

坂東眞砂子著　桃色浄土

鄙びた漁村に異国船が現れたとき、惨劇の幕はあがった——土佐に伝わるわらべうたを素材に展開される、直木賞作家の傑作伝奇小説。

坂東眞砂子著　山妣（上・下）直木賞受賞

山妣がいるてや。赤っ子探して里に降りて来るんだいや——明治末期の越後の山里。人間の業と雪深き山の魔力が生んだ凄絶な運命悲劇。

服部真澄著　龍の契り

香港返還をめぐって突如浮上した謎の密約文書には、何が記されているのか。英・中・米・日による熾烈な争奪戦の果てに待つものは。

花村萬月著　守宮薄緑

沖縄の宵闇、さまよい、身体を重ねた女たち。新宿の寒空、風転と街娼の恋の行方。パワフルに細密に描きこまれた、性の傑作小説集。

姫野カオルコ著　整形美女

あなたもイジッてるでしょ？——美と幸福を競う女たちの優越、恐怖、焦燥、そして希望。変身願望の虚構を描いた、衝撃の長編小説。

ヒキタクニオ著　凶気の桜

野放しにすんな、阿呆どもを。渋谷の路上を〝掃除〟する若きナショナリストの結社、ネオ・トージョー。ヒップなバイオレンス小説。

船戸与一著　蝦夷地別件（上・中・下）
日本冒険小説協会大賞受賞

世界が激動する18世紀末。和人に虐げられていたアイヌ民族の憤怒の炎が燃え上がる！未曾有のスケールで描く超弩級歴史冒険大作。

船戸与一著　流沙の塔（上・下）

人骨の柄に狼を刻んだナイフで貫かれたロシア女の屍体――。民族独立を掲げる組織の内紛と腐敗。中国の闇を圧倒的スケールで抉る。

室井佑月著　熱帯植物園

「セックスが楽しいのは覚えたてだからかもしれない」10代の少女たちの生と性をエロティックかつクールに描いた、処女小説集。

山田太一著　君を見上げて

身長163センチ32歳の章二と、身長182センチ30歳の瑛子。19センチの差に揺れる二人の恋心をスリリングに描く、おしゃれな大人の物語。

吉川潮著　江戸っ子だってねえ
浪曲師廣澤虎造一代

「馬鹿は死ななきゃなおらない」など数多の名文句を生み、日本中がその名調子に聞き惚れた不世出の芸人。吉川節が冴えわたる逸品。

吉村達也著　孤独

人気女優夫妻が、山荘で奇怪な死を遂げた。事件を捜査する刑事たちを、ある恐怖が襲う。密室殺人事件にして、究極のホラー小説！

ストロボ

新潮文庫　し－42－3

平成十五年五月一日発行

著者　真《しん》保《ぼ》裕《ゆう》一《いち》

発行者　佐藤隆信

発行所　株式会社新潮社

郵便番号　一六二―八七一一
東京都新宿区矢来町七一
電話　編集部(〇三)三二六六―五四四〇
　　　読者係(〇三)三二六六―五一一一

価格はカバーに表示してあります。

乱丁・落丁本は、ご面倒ですが小社読者係宛ご送付ください。送料小社負担にてお取替えいたします。

印刷・大日本印刷株式会社　製本・加藤製本株式会社

ISBN4-10-127023-6 C0193